— 書き下ろし長編官能小説 —

ぼくの熟女研修

鷹澤フブキ

竹書房ラブロマン文庫

目次

この作品は、竹書房ラブロマン文庫のために
書き下ろされたものです。

第一章　人妻講師の騎乗位研修

「はい、後ろから二番目の列の右端《みぎはし》。ぼうっとしているように見えるけれど、ちゃんと講習を聞いているのかしら？」

長机が行儀よく並ぶ会議室の中に、講師を務める三國《みくに》彩乃《あやの》の声が響き渡った。よく通る凛《りん》とした声に、室内の空気が一瞬にして張り詰める。

彩乃はホワイトボードを背にした教壇に置かれた座席表にちらりと視線を落とし、

「右端のキミのことよ。ええと……名前は香取《かとり》君だったわね」

と香取勇介《ゆうすけ》の名前を口にした。

唐突に自分の名を呼ばれたことに、勇介はハッとしたように身構えた。前方に座っていた研修生たちもさり気なく身体の向きを変えて、勇介に無言で視線を注《そそ》いでいる。

「いや、ええと……」

身体に突き刺さるような遠慮のない視線に、いたたまれなさを感じた勇介は言い訳めいた言葉を口にしようとしたが、上手《うま》い言葉が思い浮かばない。焦《あせ》れば焦るほどに、頭の中が白くなっていくみたいだ。

「仕方がないわね。周りが女性ばかりだから、集中できないのかしら。いくら新入社員だからって、そんなことじゃ先が思いやられるわね。あら、いけない。いまどきは迂闊《うかつ》なことを言うと、パワハラだ、セクハラだと非難されるんだったわね」

戸惑いを露《あら》わにする勇介の心を見透かすように、彩乃は形のよい薄めの唇の両端をわずかにあげながらシニカルな物言いをした。

わざわざ名指しで、そんなふうに意地の悪い言いかたをしなくたって……。確かに昨夜は寝不足だったから、多少はぼんやりしていたかも知れないけど……。

勇介は太腿《ふともも》の上に載せた手のひらが、じんわりと汗ばむのを覚えた。

この会議室で行われているのは、主に女性向けの化粧品を開発販売している会社の新入社員研修だ。

ずらりと並べられた机の前に座っているのは二十代前半の女性ばかりで、男性は勇介を入れても三人しかいない。

化粧品を扱《あつか》っているだけに女性たちも皆お洒落《しゃれ》には余念がないようだ。それだけではない。個性をアピールするように、それぞれが香水の香りを身にまとっている。

ひとりひとりの香りは控えめでもそれが数十人ともなると、複雑に混ざり合ったその香りは個々の体臭とも重なり濃密なものになる。空調が効いているとはいえ、閉めきられた室内ともなれば尚更《なおさら》だ。

「はいっ、話が脱線してしまったわね。それでは、講義に戻りますね。研究開発や営業、店舗での接客とジャンルは違っても、会社の歴史や理念など知っておいてもらわなければいけないことは山ほどありますからね。研修だからといって、ぼんやりしていると後々困ることになりますから、しっかりと聞いておいてくださいね」

彩乃は勇介をちらりと見やると、研修生たちに背中を向けホワイトボードに向かった。彩乃の右手が優雅に左右に舞うたび、マーカーがかすかな音を奏《かな》でる。

その左手の薬指に金色のシンプルな指輪が光っているのを勇介は見逃さなかった。へえ、あの講師《せんせい》って結婚してるんだ。確かにちょっとキツイ感じだけど、いい女だもんな……。

彩乃が背中を向けているのをいいことに、勇介はかっちりとしたダークグレーのスーツに包まれた肢体に視線を注いだ。年の頃は三十代半ばだろうか。身体のラインを強調しないスーツを着ているのに、そこはかとない色香が滲《にじ》んでいる。

肩甲骨の辺りまで伸ばした髪の毛は上品なピンキッシュブラウンで、緩《ゆる》やかなカーブを描いていた。

膝丈《ひざたけ》のタイトなスカートからは、百合《ゆり》の蕾《つぼみ》を連想させる程よく引き締まったふくらはぎが伸びている。艶々《つやつや》としたナチュラルブラウンのストッキングの足元を包んでいるのは、マットな黒いハイヒールだ。

七センチはあるヒールを履いているので、足首にアキレス腱がきゅっと浮かんでいるのが、なんともいえずセクシーに思えた。

最初の自己紹介で、本来の役職は営業部の女課長なのだと言っていたが、確かに颯《さっ》爽《そう》としていて、頼れる女上司といった感じだ。

キツそうに見えるけど、旦那さんの前ではしおらしくしていたりするのかな……。

ついつい邪《よこしま》な妄想が湧きあがってしまう。三十代の人妻の後ろ姿に鼻の下を伸ばしていたりしたら、また名指しで注意をされてしまいそうだ。

はあ、泊まり込みの研修だっていうから、夜は上手いものを食えたり、ちょっとした夜遊びくらいはできるかと思ったけれど、完全にホテルに缶詰めだもんな。今日で四日目だから、あと一日の辛抱かあ……。

勇介は周囲に気づかれないように小さくため息をついた。

もともとどうしてもこの会社に入りたいと願っていたわけではなかった。大学三年生の頃に周囲に合わせるようにはじめた就職活動だったが、なかなか狙ったところからは内定をもらうことができなかった。

そんなときにダメもとで受けたのが、この化粧品会社だった。本音を言えば、化粧品などにはまるで興味などなかったし、まさか内定をもらえるとは思ってもみなかった。

おまけに学部が文系だったので、事務職や営業職などに配属されるだろうと思っていたが、なんと配属されたのは畑違いとも思える商品開発部だった。まさに青天の霹《へき》靂《れき》というやつだ。

そんなこともあってか、入社してもいまだにどこかしっくりとこない。この研修にしても、なんとか無事にやり過ごすことしか頭になかったのだ。それなのに、今日は名指しで注意を受けてしまった。

ただでさえ積極的になれなかったのに、ますます労働意欲を削がれたような心持ちになってしまう。しかし、研修も残すところあと一日だ。そう思えば、なんとか頑張ろうと気持ちを奮《ふる》い立たせることもできる。

ホワイトボードに向かう彩乃の巻き髪を眺めながら、勇介は臀《でん》部《ぶ》に力を込めると背筋をすっと伸ばした。

午後五時までの研修を終えて会議室を出ようとしたときだった。

「香取君、ちょっといいかしら？」

勇介は教壇の上で資料をまとめていた彩乃から呼びとめられた。少しでも早くこの場から逃げ出したかった勇介は、肩をびゅくりと上下させながら振り返った。

「あの……なにか？」

「そんなふうに警戒しないでよ。さっきは少し言い過ぎたかしらって思ってるのよ。うちは女性社員が多いでしょう。居心地がよくないって思う男性社員もいることは理解しているつもりよ」

彩乃は資料を胸元に抱えると、小首をわずかに傾《かたむ》けて笑いかけてくる。くっきりとした二重《ふたえ》まぶたを彩っているのは淡いベージュ系のアイシャドウだ。

営業部という花形部署の課長だけあって、メイクには隙《すき》がない。

「それでね、さっきのお詫《わ》びってわけではないけれど、一緒に食事でもどうかしらと思って。ホテルの食事も悪くはないだろうけれど、さすがに四日も続くと飽きるんじゃないかしら」

「えっ、それって……」

「近場に洒落た店があるから、一緒にどうかしら。そうね、支度もあるから午後六時に、このホテルの三軒隣にあるホテルのロビーで待ち合わせでいいかしら」

「ホテルのロビーですか？」

「ええ、そこならばわかりやすいでしょう。まさかホテルのロビーって聞いて、ヘンなことでも想像したのかしら？」

「いっ、いえ、まさかそんなこと……」

勇介は慌てたように首をぶんぶんと左右に振ってみせた。

本命というわけではないが、苦労に苦労を重ねてようやく勝ち取った就職先だ。つまらない誤解で仕事を失うようなことはできない。慎重になるのも当然のことだ。

「よかったわ。じゃあ、午後六時に待っているわね」

彩乃は大きな弧を描く瞳を細めると、見惚《みと》れてしまいそうな笑顔を浮かべた。教壇に立っていたときの彼女は、近寄りがたい雰囲気を漂《ただよ》わせていた。まるで別人のような表情だ。

「いい、わかっているとは思うけれど、社会人には遅刻は厳禁よ」

教壇に立っていたときとは声色《こわいろ》さえ変わっているように思える。よく通る声質は変わらないが、その声はどこか甘さを感じさせる。

黒目がちな眼差《まなざ》しで見つめられると、どぎまぎとしてその表情を見返すことができなくなってしまいそうだ。勇介は小さく視線を泳がせた。

「じゃあ、後でね」

彩乃は満足そうに笑うと、会議室を後にした。巻き髪がかすかに揺れる背中を見送りながら、勇介はまるで狐につままれたようにその場に棒立ちになっていた。

指定された六時よりも十分ほど前に勇介はロビーに到着した。いったん部屋に戻りシャワーを浴びたので、かなり忙《せわ》しなく身支度を整えたことになる。

スーツを着ようかとも思ったが、これは業務ではない。そうかといってあまりにもくだけた服装では、ホテル内のレストランでは浮いてしまうかも知れない。念のためと思い、スーツケースの中には落ち着いた色合いのスラックスとジャケットを入れておいたので、それを着ることにした。ネクタイはあえて締めなかった。

大学を出たばかりの勇介にとっては、シティホテルやビジネスホテルのロビーというのは敷居が高い。落ち着きなく周囲を見回していたら、おのぼりさんだと思われてしまいそうだ。

なるべく平静を装《よそお》いながら、ロビーの隅《すみ》に陣取って出入り口に視線を注いだ。約束の時間まではまだ間がある。勇介は手にしたスマホの画面で時間を確認した。わずかな時間が異様に長く感じられる。

五分ほど待った頃だろうか。ホテルの自動ドアが開くと、彩乃が入ってきた。

教壇に立っていたときはかっちりとしたダークグレーのスーツ姿だったが、それとは打って変わって柔らかい印象のワンピースを身にまとっている。

ワンピースは膝上丈で、形のよい膝だけでなく細すぎず太すぎない太腿もわずかに垣間見ることができた。淡いラベンダーカラーのワンピースの上には、ネイビーブルーのジャケットを羽織っていた。

昼間はルージュは控えめなベージュカラーだったが、ファッションに合わせてやや赤みの強いピンク色に塗《ぬ》り替えられていた。ルージュの色が変わっただけで、一気に華《はな》やいだ雰囲気が漂う。

研修中は少し高飛車な有能女上司という風情《ふぜい》だったが、いまの彩乃のいでたちは良家の若奥さまと言った感じだ。

ロビーにいた男性客たちは女らしさを滲ませる彩乃の姿に色めき立つと、さりげなく視線を送っている。

男たちの視線を感じているのだろうか。彩乃は肩よりも長い巻き髪に右手をやると、さらりとかきあげてみせた。まるで男の視線を楽しんでいるような仕草だ。

彩乃はロビーの隅で所在なさげに立っている勇介の姿を見つけると、口元に笑みを浮かべ右手を軽く振ってみせた。

彩乃の姿を追いかけていた男性客たちの視線が、いっせいに勇介へと降り注ぐ。嫉妬と羨望を含《ふく》んだ眼差しを感じ、勇介は身体が強張《こわば》るのを覚えた。

なんとも言い表しがたいような面映《おもは》ゆい感情が込みあげてくる。思わず頬《ほお》が緩んでしまいそうになるが、にやけた表情など浮かべたら彩乃にぴしゃりと小言を言われそうだ。

勇介は奥歯に力を込めて、何気ない素振りを装った。

「待った？」

「あっ、いや……。まだ来たばかりです」

約束の時間より前に着いていたが、そんなことはおくびにも出さなかった。

「ふふっ、わたしだって五分前に着いたのよ。そのようすだと十分前には来ていたんじゃないかしら。優秀ね」

彩乃はお姉さんっぽい口調で囁《ささや》くと、年上の女の余裕を見せつけるように笑ってみせた。

「じゃあ、行きましょうか。予約を入れてあるのよ」

ここは街中ではなくホテルのロビーだ。落ち着いたオトナな人妻の唇から飛び出した予約という単語に、思わず胸の鼓動が高鳴ってしまいそうになる。

「なあに、まさかイケないことでも考えちゃったのかしら。このホテルには美味《おい》しいお料理屋さんが入っているのよ。さっ、行きましょう」

年下の男の動揺を見抜いているように、彩乃は勇介の耳元に唇を寄せて囁いた。耳元にかすかな息遣いを感じる。

勇介は肩先がびゅくんと上下しそうになるのを必死でこらえると、エレベーターホールを目指してゆっくりと足を進める彩乃の後ろについていく。

勇介の視線は、知らず知らずのうちにスカートから伸びる足に吸い寄せられていた。見れば見るほどに、かかとが細いハイヒールを履いた足元がセクシーだ。

傍《はた》から見ればふたりの関係はどう映るだろう。男たちの視線に、勇介は優越感を感じずにはいられなかった。

案内されたのは、ホテルの一角にある鶏料理の専門店だ。ホール係に誘導されて調理場を見ることができるカウンター席に腰をおろす。

カウンター席は一脚ずつが分かれているのではなく、三人ほどが並んで腰をおろすことができるようになっていた。長めの背もたれがあるので、腰をおろすと背後からの視線はほぼ遮《さえぎ》ることができる。

彩乃は勇介の右隣りに座った。広めのカウンター席なので、ふたりの間には微妙《びみょう》に距離が開いている。

恋人ならば寄り添うように座るだろう。それがふたりの関係を如実に表しているみたいだ。

「なかなか雰囲気のいいお店でしょう。この辺りはブランド鶏で有名なの。せっかくなら名物料理を堪能《たんのう》したいでしょう」

彩乃は慣れた手つきでおしぼりを受け取ると、メニューを開き乾杯用のビールを頼んだ。

「三國先生はよく来られるんですか？」

「いやだわ、会議室ではないんだから、先生はやめてよ」

「じゃあ、なんて呼べばいいですか？　三國課長でしょうか」

「三國課長かあ。それもなんだか堅いわね、それに、確か私の名字は三國だし、結婚して二年目なんだけれど、いまだにピンとこないのよね。そうね、彩乃のほうがしっくりくるから、今夜は彩乃でいいわ」

「わかりました。じゃあ彩乃さんって呼びますね」

「だったら、わたしも勇介くんって呼ぼうかしら？」

妙齢の女から姓ではなく名前で呼ばれ、心ならずも胸がどきんと弾《はず》んでしまう。彩乃は勇介の瞳をじっとのぞき込んでくる。

ちょうどビールが運ばれてきた。彩乃は白い泡がこんもりと盛られたビールジョッキを右手で摑《つか》むと、勇介に向かって差し出した。

右隣りに座っている彩乃が右手を差し出したことで、ふたりの距離がじわりと近付く。ジャケット越しでも二の腕の辺りに、男とは違う柔らかな感触を覚える。

「今日は悪いことをしちゃったかしら。でも、明らかに退屈そうにしていたものだから」

「あっ、すみません。ホテルとかって慣れてなくて、ちょっと寝不足で……」

「それだけじゃないでしょう。どう考えても、うちの会社が第一志望とは思えないもの。第一志望からは内定がもらえなくて、あちらこちらを受けてもダメで、ようやくうちの会社に引っかかったって感じかしら」

「あっ、いや、そんなこと……」

痛いところを突かれて、勇介は口ごもってしまった。確かに彩乃の言うとおりだ。

内定はもらえたものの、仕事に対しては興味を持つことができなかった。

「いまひとつ仕事に意欲が持てないって顔に書いてあるんですもの。それにね、研修も最終日が近くなると、どうしてもダレてくるのよ。だから、わざと名指しで嫌味を言ってみたの」

「だからって……」

勇介は抗議めいた言葉を口にしかけた。

「まあ、ひとりを叱責することで、現場全体に緊張感が戻ることもあるのよ。多少なりとも悪いことをしたと思っているから、こうして誘ったんじゃない。さあ、機嫌を直して。好きなだけ飲んで食べていいのよ。お勧《すす》めは地鶏のお造りと焼き鳥よ。若いんだから幾らでもイケるんじゃない」

地鶏のお造りが運ばれてくると、彩乃はテーブルに備えつけられていた醤油さしに手を伸ばした。調味料などは中央に置かれているので、彼女が右手を伸ばせばいやでも上半身が密着する。

男とは肉の質感が明らかに違う。ぴったりとくっついた二の腕の温《ぬく》もりを確かめるように、勇介は右隣りをちらりと見やった。

かっちりとしたスーツよりも、柔らかい素材のワンピースのほうが肢体のラインが強調される。特にこんもりと隆起した胸元の稜線は見事で、優にEカップはあるように思えた。

アルコールの酔いだけではなく、年上の女の体温を感じていると、頬や首筋の辺りがじんわりと熱を帯びるみたいだ。

「ほら、飲んでる？　ビールだけじゃなくて、日本酒や焼酎だってとびきりのを置いているのよ。せっかくだから、わたしは冷酒をもらおうかしら」

「彩乃さんって、お酒が強いんですね」

「そうかしら。まあ、弱いほうではないとは思うけれど……」

彩乃は頼んだ冷酒が運ばれてくるとガラスの徳利を摑み、勇介に御猪口《おちょこ》を手渡した。まるで日本舞踊を舞うような、なめらかなタッチで御猪口に冷酒を注ぎ入れる。

勇介も慣れない手つきで彩乃が手にした御猪口に酒を注ぐと、視線で促《うなが》されるままに御猪口の縁《ふち》を軽く重ね合わせた。

いつしか彩乃の頬も桜の花を思わせるほんのりとした色合いに染まっていた。

「そうね、うちの業種は男性にはあまり馴染みがないかも知れないわね。でも、最近は男性向けの化粧品が次々と発売されるようになってるでしょう。これからは男性にとってもやりがいが感じられるようになると思うのよ」

「まあ、そうなればいいんですけれど。僕は文系なのに開発部門に配属されたのが不思議なんです」

「文系だから事務方に配属されると思っていたのね。その気持ちはわからなくはないわ。畑違いは大変そうに思えるものね。でも、製品を使うのはごく普通の感性を持ったお客さまなの。だからこそ、専門知識がある社員ばかりではなくて、ごくごく普通の感覚を持った社員が必要なのよ。それこそが成功の秘訣だと思ってるの。商品開発部にはあなたと同期入社の柏崎沙羅《かしわざきさら》さんも配属が決まっていてね。なかなかいいセンスを持っている娘だから、なにかと力になってあげてくれると助かるわ」

「力になれって言われても、俺は理系はさっぱりなんですよ」

「そこがいいのよ。お料理だって化学式で作るわけじゃないでしょう。大切なのは感性だと思うの」

「はあ、努力はしますが……」

彩乃の言葉に、勇介は曖昧《あいまい》に言葉を濁した。

「そうしてくれると嬉しいわ。この新人研修はもうじき終わりだけど、新社会人のあなたにとっては、しばらくは仕事のすべてが研修の延長戦みたいなものよ。畑違いに見える仕事でも、うちの会社の業務として繋がっているんだから、いろんな手伝いをするのは、あなたにとってもプラスになるはずよ」

「そう言われてみると、確かにそうですね」

「わかってくれて嬉しいわ。大丈夫よ、商品開発といっても、難しく考える必要はないの。女性が綺麗でいようとメイクをしたり、魅力的な香水を身につける理由だって、突き詰めれば男性を惹《ひ》きつけるためっていう、単純なものだもの。動物だって同じよ。異性を惹きつけるために華やかな婚姻色をまとったり、フェロモンを振り撒《ま》いたりするでしょう。もっとも動物は華やかなのは牡《おす》のほうで、牝《めす》は地味だったりするのよね。人間とは正反対なのは面白いわよね」

そう言うと、彩乃はスマホを取り出し、液晶画面に尾羽を半円型に広げた孔雀の画像を表示させた。青や緑の色鮮やかな飾り羽があるのは牡だけで、茶色の羽根に包まれた牝は同じ鳥とは思えない。

「へえ、面白いですね。彩乃さんが綺麗なのも、旦那さんのためだったりするんですか？」

「褒められるのは嬉しいけれど、主人のためかって言われるとね。うちは友だち夫婦とでもいえばいいのかしら。結婚したのは二年前だけど、付き合いだしたのは学生時代からだから長すぎた春って感じかしら。結婚二年目といえば世間的には新婚みたいなものかもしれないけれど、いまさら新鮮味もなければトキメキもないのよね。安心感はあるけれど、なんだか異性というよりも家族という感じと言えばいいのかしら」

彩乃は左手の薬指に嵌《は》めた、金色のシンプルなデザインの指輪をそっと撫でながら遠い目をした。

メイクだけでなく、楕円形《だえんけい》に整えた形のよい爪にもパールベージュのネイルが施《ほどこ》されている。職業柄もあって、美容には手を抜かないらしい。

「そうねえ、わたしだってまだ三十五歳なのよ。刺激というか、トキメキが欲しいと思うときだってあるわよ」

彩乃は自分の年齢をはじめて口にした。二十三歳の勇介よりもひと回り年上ということになる。見るからにキメの細かい肌は水分を孕《はら》んだようにしっとりとしていて、実際の年齢よりもはるかに若々しく見えた。

右利きの彩乃が右側に座ったことにより、ふたりの距離は少しずつ縮まり、いつの間にか彩乃は勇介にもたれかかっていた。傍からみれば、恋人同士のように見える至近距離だ。

肢体が密着したことにより、温もりだけでなく彩乃の首筋から漂うかすかな香水の匂いも感じられた。女性らしい甘さを感じさせるが、くどすぎないフローラル系の香りは着けるシーンを選ばず万人受けしそうに思える。

最初は気にならなかったのに、吸い込めば吸い込むほどにもっともっと嗅《か》いでいたくなる不思議な香りだ。

その香りは髪からちらちらちらと見え隠れする、耳の裏辺りから漂ってくるのだろう。勇介はさり気なく彩乃の首筋に鼻先を寄せて、魅惑的な香りを楽しんだ。

「うふっ、香水の香りが気になるの？」

「あっ、いえ……、いい香りだなと思って」

「褒めてもらえると嬉しいわ。この香水はうちの最近の大ヒット商品なの。いわゆる男性受けする香りっていうことで、ものすごく評判がよくてね。デートが盛りあがる香りなんて言われたりもしたのよ。香りの強さやアレンジを微妙に変えて何種類も販売されているのよ」

「そうなんですか。すごく女性っぽくて、なんだかずっと嗅いでいたくなるような匂いです」

「この香水の開発には、わたしも少しだけど携《たずさ》わったの。だから、そんなふうに言われると嬉しくなっちゃうわ。実はまだ内密なんだけれど、今度は女性受けを狙った男性向けの香水の開発をはじめているのよ。そうだわ、もっと近くで嗅いでみて」

冷酒と年下の男の褒め言葉が、彩乃を大胆にさせているみたいだ。彼女は結婚指輪が光る左手で、優雅な曲線を描く巻き髪をゆっくりとかきあげた。

形のいい耳には、小さな蝶々のピアスがつけられている。巻き髪で隠れている耳たぶにさえ、お洒落を忘れないところが心憎い。

首筋が露わになったことで、漂う香水の匂いが強く感じられる。

「どうかしら。男性がぐっとくる香りっていうことで、発売当初は品切れになったくらいなのよ。わたしが愛用しているのは、シリーズの中でもちょっと大人っぽい濃厚な香りなんだけれど」

言われるままに、勇介は胸の奥底まで甘美な香りを吸い込んだ。嗅覚だけでなく、脳幹の辺りにじぃんと響くような蠱惑《こわく》的な香りだ。

さまざまなブランドの香水の中にはセクシーさを意識するあまり、頭がくらくらするような強烈な香りのものも少なくない。

彩乃の首筋から漂う香りは、まさに男の本能をやんわりとくすぐるように感じられた。ここがホテルの一角にある飲食店のカウンター席でなければ、鼻先を首筋に押し当てて思いっきり堪能したくなるような香りだ。

「あーん、くすぐったいわ」

勇介の息遣いが吹きかかったのだろう。彩乃は肩先を小さく震わせた。わずかに顎先を突き出して、とろんとした吐息をこぼすさまも悩ましい。

「こんなふうに男性と寄り添うのって、ものすごく久しぶりだわ。なんだか、どきどきしちゃうっ」

甘やかな吐息を洩らしながら、彩乃はうっとりとしたようにまぶたを伏せた。半開きの唇がなにかを言いたげに小さく蠢《うごめ》く。

そのときだ。勇介は太腿に甘い違和感を覚えた。触れるか触れないか、まるで小鳥の羽根が舞い落ちるような繊細なタッチ。

太腿に視線をすっと落とすと、金色の指輪が光る指先が太腿の上を優しく撫で回している。すらりとした長い指先。たおやかな指使いに、勇介は小さく小鼻と口元を戦慄《わなな》かせた。

えっ、彩乃さんが……嘘だろ……こんなの。そりゃあイイ女だとは思うけど、いきなりこんな展開はあり得ないって……。

突然すぎて、彩乃の表情を確かめることさえ忘れてしまう。心臓の鼓動が一気に速くなる。勇介は太腿から視線をあげられずにいた。しかし、太腿の上でかすかに蠢く指先は幻想でも錯覚でもない。

こっ、これって……。会議室じゃ近づきがたいタイプだと思っていたのに……。

勇介は下半身に不自然に力が入るのを覚えた。勇介の心中など知らぬように、指先が軽快なリズムを刻みながらソフトに太腿をなぞり回す。

勇介はようやっとの思いで太腿から視線をあげて、彩乃の横顔を見つめた。彼女は頬や首筋をうっすらと上気させているが、なに食わぬ表情を装っている。

とてもカウンター席の下で、年下の男の下半身に指先を伸ばしているとは思えない。その証拠に、カウンター席の向こう側の調理場で作業をしている料理人たちが異変に気付いている素振りは微塵《みじん》もない。

彩乃は勇介のほうに視線を振ることもなく、カウンター越しに料理人の手元を見つめ、右手に持った御猪口を口元に運んでいる。

それなのに、その左手の指先は年下の男の太腿の上を軽やかに這い回っているのだ。最初は勇介の反応をうかがうように、肉質が硬い外腿を遠慮がちに撫でさする。

その指使いが、少しずつねちっこさを感じさせるタッチに変化していく。若い男の筋肉の硬さを確かめるように、次第に指先が内腿へと少しずつ回り込んでいく。

勇介にできることは、なめらかな指先の動きに胸中をかき乱され、荒くなりそうになる呼吸を必死で抑え込むことだけだった。

「どうしたの、少し顔が赤くなっているみたいよ。お酒が回ってきたのかしら？　研修とはいっても旅先みたいなものだもの。多少の解放感は味わいたいわよね」

彩乃がゆっくりと勇介のほうを振り返る。まるで水面《みなも》を漂う水鳥のように優雅さを感じさせる所作だ。

御猪口についたルージュの名残りをさりげなく指先でそっと拭《ぬぐ》う仕草さえ、見惚れてしまいそうになる。

それなのに、勇介の太腿をさわさわと撫でさする左手はいっこうに動きを止める気配はない。それどころか、うら若い男の初心《うぶ》な反応を楽しむみたいに、その指使いが大胆になっていく。

綺麗に手入れされた左手の爪の先で、スラックスに包まれた勇介の内腿に大小の円を描いているみたいだ。

普段は意識したこともない部分なのに、妙齢の美女の指先が触れていると思うだけで、尾てい骨の辺りから快美感がずるずると背筋を這いあがってくる。

洩れそうになる甘ったるい声を押し戻すように、勇介は目の前の御猪口になみなみと注がれた冷酒を口に運んだ。

身体が火照《ほて》っているのは、アルコールのせいだけではなかった。むしろ若牡の心身を蹂躙《じゅうりん》するような妖しい指使いに、身体の奥深い部分がじわじわと熱を帯びている。

きりりと冷えた日本酒が喉《のど》に染み込んでいく。

ちらりと見え隠れする彩乃の首筋から漂う芳《かぐわ》しい香りが、勇介の牡の部分をますます煽《あお》り立てるみたいだ。

彩乃の指先は、肉の柔らかい内腿をやんわりと撫で回しているだけだ。確信的な部分すれすれに近づいたとしても、けっして触れようとはしない。

太腿の付け根に近い部分は特に敏感だ。指先が近付くたびに、あまり厚くはない胸板が波打ちそうになる。しかし、勇介の期待をはぐらかすみたいに、あと少しというところまでくると、指先はするりと後ずさりをしてしまう。

はしたない期待に、若茎がスラックスのファスナー部分を押しあげるような瑞々《みずみず》しい反応を見せはじめている。

やっ、やばいって……こんなところで硬くなったりしたら……。

いくら心の中で鎮《しず》まれと命じても、屹立《きつりつ》が収まる気配はなかった。むしろもったいぶった指使いに唆《そそのか》されるみたいに、硬さを増していく一方だ。思わず、くっと喉が鳴りそうになる。

こっ、こんなところで触ってくるなんて。彩乃さんって大胆すぎるよ。年下の男をからかって楽しんでるんじゃないか……。

そんなふうに思うと、年上の女の余裕を崩さない彩乃の胸中を確かめてみたくなる。勇介は淫《みだ》らなおねだりをするように、彩乃の指先が舞う太腿をわざと左右に大きく割り開いた。直接的な言葉でリクエストができない勇介にとっては、精いっぱいのアピールだ。

「んふっ……」

彩乃は口元を緩めると、上半身が密着した至近距離でなければ聞き取れないほどかすかな笑い声を洩らした。内腿をやんわりと撫で回していた指先が、少しずつだが確実に牡の象徴目がけて近づいてくる。

勇介は呼吸をするのさえ忘れそうになりながら、人妻の指先の蠢きに身体中の神経を集中させた。

あっ、彩乃さんの指が、指先が近づいてくる……。

勇介は息を細めて、その瞬間を待ちわびた。

年上の人妻はほんの少し意地悪だ。逸《はや》る牡の気持ちを弄《もてあそ》ぶように、近づいたかと思うとわざと指の動きを止めて、横目でちらりと反応をうかがう。

焦《じ》れに焦れた勇介の喉元から、声にならない苦悶の声が洩れた、その瞬間だった。

ファスナーがきちきちに張り詰めたスラックスの股間を、しなやかな指先がそっとなぞりあげた。

堪《こら》えに堪えていただけに、迂闊《うかつ》にも、くっという歓喜の声がこぼれそうになる。勇介は眉頭をわずかに寄せて声を押し殺した。

熱い血潮を漲《みなぎ》らせた肉柱が、スラックス越しになぞりあげる指先の感触にぴゅくんと呼応する。自らの指先で弄《いじ》るときとは、まったく趣《おもむ》きが異なるソフトなタッチ。自分の指先でしごきあげるときは、一刻も早く気持ちよくなりたくて一番感じる部分を集中的に刺激する。小学校高学年のときにオナニーを覚えて以来、自身が感じる部分は一番わかっているからだ。

彩乃の指先は、それとは真逆に思える。一瞬、ぴぃんと張り詰めたファスナーの上を下から上へとゆるりとなぞったかと思うと、指先はすぐに離れ、太腿の付け根に近い淫嚢《いんのう》の辺りを軽やかにクリックするのだ。

その動きはまったく先が読めない。予想がつかない指戯が新鮮に思え、牡の心身をめらめらと昂《たか》ぶらせる。

そうか、あくまでも年下の男を焦らして弄ぼうって魂胆なんだな……。

繊細な指先での弄《いら》いに、スラックスの中身はますます膨張《ぼうちょう》するばかりだ。ファスナーで強引に押さえつけられたことによって覚える、かすかな痛みさえも甘美な悦《よろこ》びに変化していくみたいだ。勇介はもっととせがむみたいに、わずかに腰を前に突き出した。

「そういえば今回の新人研修は明日で最後だけど、提出するレポートはちゃんと書けそう？」

淫らな欲望に逸る勇介の胸の内をはぐらかすように、彩乃はビジネス口調で尋ねてくる。それなのに指先は敏感な部分を外しながら、凝《こ》り固まった肉棒を優しく撫でさすっていた。

あえて的を少しずらした愛撫が心憎い。お預けを喰らわされれば喰らわされるほどに、怒張は燃え盛るばかりだ。確かめようはないが、きっとトランクスの前合わせの部分には、いやらしいシミがべっとりと滲み出しているに違いない。

ダメだって、このまま指で悪戯《いたずら》されてたら、射精《で》ちゃいそうだよ……。

勇介は喉を絞《しぼ》って低く呻《うめ》いた。我慢しているが、年上の人妻の指使いは魅力的すぎる。少し意地悪さを感じる愛撫に、肉柱がスラックスの中でぴくぴくと跳ねていた。

くっつ、このままじゃ……このままじゃ我慢できなくなる。もしも暴発したりしたら……。

そんなことは考えたくもなかった。射精を堪えるには、少しでも意識を逸《そ》らすしかない。

勇介は二度三度と深呼吸をすると、日本酒が注がれている御猪口を左手に持ち替え、右手をカウンター席の下へと潜り込ませた。

完熟《かんじゅく》した人妻の肢体を覆《おお》い隠すふんわりとしたワンピースの裾は、腰をおろしたことでわずかにずりあがっていた。膝よりも十センチほど上の部分まで露わになっている。艶感が強いストッキングに包まれた太腿は、見るからにもっちりとした感じだ。

勇介は恐る恐るというように、きちんと膝頭を寄り添わせたその足に触れてみた。網目が詰まったストッキングがつるつるとして、指先に心地よい。

「んっ……」

太腿に触れた刹那、彩乃の唇からかすかな吐息がこぼれた。二の腕同士が密着する至近距離でなければ気がつかないほどに小さく、うるついた色艶を滲ませた声だ。

勇介はさりげなく彩乃のほうを見やった。ほんの一瞬遅れて彩乃がゆっくりとこちらに視線を投げかけ、ふたりの視線が交差する。彩乃の瞳の奥にも劣情の炎が宿っているように思えた。

勇介の指先を感じても、彩乃は腰をひねったり、太腿をきつく閉じ合わせたりはしない。

それが上司の前では強気に出られずにいた勇介の背中を押す。勇介はストッキングに包まれた肉感的な太腿をゆっくりと撫で回した。

ビジネススーツを着ていたときにはタイトなスカートで覆い隠されていた太腿が、適度な弾力《だんりょく》で指先を押し返してくる。もちもちとした感触を楽しむように、勇介は熟《う》れきった太腿に指先を張りつかせた。

少しキツめに見える女上司の太腿をまさぐっていると思うと、会議室で名指しで叱責されたことへの反撃をしているような気分になってしまう。そう思うと、指先にますます熱がこもるみたいだ。

「んっ……」

彩乃の唇から色を含んだ吐息がこぼれた。カウンター席にはガラス製の二合徳利が置かれている。お代わりを二回頼んだはずだから、ふたりで六合は飲んだことになる。

くっきりとした瞳がうっすらと水分を孕み、上品なピンク色のチークで彩られた頬はより色合いを濃くしている。しかし、それは日本酒のせいだけではなさそうだ。

「もうっ……」

ひとり言みたいに小さな声で呟くと、彩乃は軽く閉じ合わせていた太腿からふっと力を抜いた。太腿を覆い隠すワンピースの裾もふわりと広がる。それはまるで綻《ほころ》びかけた蓮《はす》の花が、一気に花開いたかのように思えた。

行儀よく揃えていた両膝の間に隙間が見えたことで、柔らかそうな内腿が視界に飛び込んでくる。外腿をそろりそろりと撫で回していた勇介は、彩乃の指使いを真似るように内腿へと指先を忍び込ませた。

内腿は外腿よりもはるかに肉質が柔らかい。まるでとろとろになるまで煮込んだ極上の肉みたいだ。

勇介は内腿の肉質を味わうように、ゆっくりと指先を動かした。つるつるとしたストッキングによって、指先が内腿の深い部分へと引きずり込まれていくみたいだ。

「はあっ……」

彩乃は御猪口を口に運ぶと、蕩《とろ》けるように声を洩らした。まるでもっと触っていいのよと誘うみたいに、太腿をさらに左右に割り広げていく。

勇介の指先は蟻地獄にすべり落ちるように、太腿の奥へと奥へと潜り込んでいった。指先をじゅっぽりと包み込むような内腿の感触が心地よい。

あったかい、それに柔らかい……。

勇介は思わず口元が緩みそうになるのを覚えた。クールビューティな女上司のスカートの裾の中に指先を潜り込ませていると思うと、ただでさえぎちぎちに張りつめたペニスがスラックスの中で暴れ回る。

隣り合わせに座ったふたりは身体を密着させたまま、互いの下半身を指先でまさぐり合った。

ここがふたりっきりの密室ではなく、ホテルの中の飲食店の一角だと思うとますますイケないことをしている気持ちになってしまう。相手は年上の上司、ましてや人妻なのだ。

男としての優越感と背徳感に、玉袋の辺りがきゅうんと甘く疼《うず》くような感覚がたまらない。この席は背もたれが高く、背後からはこちらのようすをうかがい知ることはできないはずだ。

勇介はスカートの中に潜り込ませた指先をさらに奥へと押し進めた。角度の問題で手のひらを上にしたほうが指先を動かしやすい。

やがて指先がショーツのクロッチ部分へとたどり着いた。

「あっ……」

勇介の口元から驚きの声が洩れる。ストッキングと二枚重ねになっているショーツの船底の部分まで、濃厚な牝蜜がじゅわりと滲み出していたからだ。

うるうるとした愛液によって、女の切れ込みの上で指先がなめらかにすべる。指先がショーツの上をなぞるたびに、じゅくじゅくした蜜液がショーツの中に溢《あふ》れ返ってくるみたいだ。

うわっ、こんなにぬるぬるになってるっ。澄ました顔をしてるけど、僕のを触って興奮してたんだ……。

勇介は喉がごくりと鳴るのを覚えた。講師をしているときの姿とのギャップが大きすぎる。そのギャップが大きければ大きいほどに牡の本能が煽り立てられる。

勇介はショーツの中に隠れた、牝唇の形状をなぞるように指先をゆるやかに動かした。指先を動かせば動かすほどに、縦長のクレバスの頂点に小さなしこりが尖り立ってくるのを感じる。

それに狙いを定めるように指先でつっ、つっとクリックをすると、彩乃は肩先を小さく上下させ息を乱した。

それでも、勇介の下半身から指先を離そうとはしない。熟れた人妻の欲深さが伝わってくる。

刺激すればするほどに、ショーツの中の愛らしい蕾が硬くふくらんでくる。乱れる息遣いを隠そうとしてか、彩乃はやや俯《うつむ》き加減になっている。押し寄せてくる快感を否定するみたいに、頭を左右に小さく振るたびに揺れる巻き髪がセクシーだ。

このままイカせてやる……。

勇介の指使いが激しさを増した瞬間だ。唐突に彩乃の左手が勇介の右手首を摑んだ。どうしてと言いたげに彩乃のほうを振り返ると、彼女はたわわな胸元を喘《あえ》がせながら小さく下唇を嚙《か》み締めていた。

「ねえ……」

掠《かす》れかけた声で囁くと、彩乃は傍《かたわ》らに置いていたバッグから部屋番号と思われる番号が記されたカードタイプのキーを取り出した。

「ここじゃ……いや。わたしの部屋はこのホテルの上の階なのよ」

勇介の耳元に口を寄せ、彩乃は切れ切れの声で囁いた。

ホテル内の飲食店なので、会計もカードキーを見せ伝票にサインをするだけだった。ほんの少し前までは大学生だった勇介にとっては、たったこれだけのことで大人の世界に足を踏み入れた気持ちになってしまう。

エレベーターホールに向かう前に、彩乃は周囲をぐるりと見回した。彼女は上司というだけでなく人妻なのだ。ひと一倍、いや何倍も用心深くなるのも極めて当然のことだ。

念には念を入れてレストランを出る前に部屋番号を教えてもらい、勇介は五分ほど時間をずらしてエレベーターに乗り込み彼女の部屋を訪れた。

部屋のチャイムを押すなり、ガチャリとドアが開いた。勇介が部屋に足を踏み入れるなり、彩乃はいきなり抱きつき唇を重ねてきた。

ちゅぷっ、ぢゅぷっ……。

鼓膜に張りつくような音を立てて、舌を挿し入れねっちりと絡《から》みつかせてくる。妙齢の女の渇きを感じさせるような口づけ。

やや甘ったるい口臭が牡の本能を直撃する。執念ぶかさを感じさせる舌使いに、頭がぐらぐらと揺さぶられるみたいだ。勇介はくぐもった呻き声を洩らした。

しかし、一方的に攻められているばかりでは情けない。これでは、彩乃に叱責された通りのヤル気のない若造みたいだ。

勇介は下腹に力を蓄えると、負けじと舌先を巻きつけ、わざと派手な音を立てて吸いしゃぶり応戦した。

彩乃は勇介のジャケットの襟元を摑むと、少し強引な感じで脱がせにかかった。両腕から引き抜いたジャケットは、デスクの前に置かれた椅子の背もたれにかける。これで勇介はワイシャツとスラックス姿になった。

ぢゅるぷっ、ぢゅぷぷっ、ぢゅぢゅっ……。

互いに呼吸を忘れるほどの情熱的なキスの応酬は、ほんの数時間前にはヤル気の薄い新入社員と、それを指導する女講師という間柄だったとは思えない激しさだ。

「ぁあっ、もうっ……」

酸欠気味の途切れ途切れの声を洩らして、音《ね》をあげたのは彩乃のほうだった。ひと足先に部屋に入っていたとはいえ、彩乃はレストランで着ていたのと同じ女らしいシルエットのワンピース姿だ。室内なので羽織っていたジャケットは脱いでいた。

「意外と激しいのね。会議室じゃ、ぜんぜんヤル気がなさそうに見えたのに……」

「激しいのは彩乃さんのほうじゃないですか。昼間はいかにも仕事ができるキャリアウーマンって感じなのに、夜はまるで別人みたいに思えますよ」

「嫌味なことを言わないで。あれはあくまでもお仕事だもの」

彩乃は甘ったれた声を洩らした。会議室で新入社員を相手に講師をしていたときの姿を見ているだけに、その変貌ぶりに驚いてしまう。いわゆるツンデレと言えばいいのだろうか。

「それに、あんなふうにされたら誰だって感じてしまうに決まってるわ」

彩乃は勇介の首に腕を絡みつかせながら、唇を突き出し、もう一度キスを求めてくる。熟れた肢体を誇示するみたいに、左右にくねらせるさまも艶っぽい。

「あんなふうにって、先に俺のチ×ポに触ってきたのは彩乃さんのほうじゃないですか？」

「もうっ、意地悪なことばかり言わないで……」

彩乃はかすかに羞恥《しゅうち》の色を浮かべると、意味深な視線を投げかけてくる。

「太腿を触る手つきがいやらしいんだもの。でも、本当はもっと別のところを触りたかったんじゃない？」

唾液《だえき》によって濡れ光る唇を舌先で軽く舐《な》めながら、彩乃は勇介の右手首を摑みワンピースの胸元へと導いた。

レストランでは横目で観察するしかなかった、こんもりとした稜線を描く乳房に指先が触れる。彼女はいいのよというように、勇介の手の甲を手のひらで押さえつけた。

ワンピースの胸元を押しあげる乳房の重量感が、手のひらにずっしりと伝わってくる。挑発的なふくらみは、手のひらには収まりきらない大きさだ。

「ねえ、どう？　本当はずっと触りたかったんでしょう。知ってるのよ。教室でずっとわたしの身体を見ていたでしょう？」

彩乃がしたり顔で囁きかけてくる。三十代の女は自身のどこが魅力なのかを熟知し、そのアピール方法さえも知り尽くしているみたいだ。双乳のボリューム感をひけらかすように、胸元をぐっと突き出してくる。

「いいのよ、ふたりきりなんだから。ねえ、ちゃんと触ってみて」

しっとりとした声に、勇介は指先に少しずつ力がこもるのを覚えた。これ見よがしな熟れ乳を見せつけられ、それどころか手のひらをぐっと押しつけられては、目の前にいるのが上司だということさえ頭から完全に吹き飛んでしまいそうになる。

勇介の指先が熟れた乳房に少しずつ食い込んでいく。

「はあっ、いいわ。なんか……いいっ……すっごく新鮮な感じ……」

彩乃は少し大袈裟とも思えるようなしどけない声を洩らした。首筋から漂う香水の匂いが鼻腔に忍び込んでくる。嗅げば嗅ぐほどに、胃の辺りがきゅんと締めつけられるような刹那的な感情が高ぶってくる。

「彩乃さんってエッチすぎますよ」

「えっ、エッチだなんて。エッチな女は嫌いかしら？」

「嫌いじゃないけど……でも……」

勇介は頭《かぶり》を振ると、彼女が上司で人妻だという事実を喉の奥底へ飲み込んだ。手のひらに感じる乳房の量感。それは上司であり、人妻の乳房なのだ。否が応にも覚えずにはいられない背徳感が、室内の空気をさらに淫靡にしていく。

オフィスとは趣きの違う、ややオレンジがかった間接照明が彩乃の姿をいっそう艶《あで》やかに浮かびあがらせる。

「くうっ……」

勇介は喉を鳴らすと、手のひらで乳房を下から支え持ちながら指先をむぎゅむぎゅと食い込ませた。わざと少し乱暴なタッチで揉《も》みしだくと、彩乃の声が悩ましさを増すみたいだ。

指先を押し返す乳房は、もちもちとした太腿よりもはるかに弾力に富んでいた。まるで高反発のクッションに、指先を食い込ませているみたいだ。

薄手のワンピースの下には、乳房を覆い隠すブラジャーの感触がある。勇介は食い込ませた指先で、ブラジャーの中に隠された乳首を探った。最初は乳房の中に埋もれていた乳首が次第に硬さを増して隆起してくる。

「ああん、おっぱいがじんじんしちゃうっ」

彩乃は肢体をくねらせ、顎先をわずかに突き出すと悩乱の声を洩らした。会議室での凛とした声とは違う、湿り気を感じる甘え声が勇介のうなじの辺りをくすぐる。

「ねえ、ワンピースを脱がせて……。ファスナーが背中だから脱ぎづらいの」

彩乃は勇介の耳たぶを甘噛みしながら、とろんとした声で囁いた。年下の男の牡の部分を煽り立てるように熟れきった下半身を揺さぶってみせる。

スラックスのファスナー部分を盛りあげる肉柱に、女らしい柔らかさを見せる下腹部が触れた。女の身体は男と比べると、どこもかしこも丸みを帯びてしなやかに思える。

勇介は左手で乳房をまさぐりながら、右手をぷりっとした張りを見せびらかすヒップへと伸ばした。ワンピース越しでも上等な桃のようにふくらみを感じる。

勇介はワンピースの裾をたくしあげると、淡いパープルのショーツとストッキングに包まれた爛熟した臀部を手のひら全体を使ってねちっこく撫で回す。

「ああん、触りかたがエッチだわ。立っていられなくなっちゃいそうっ……」

彩乃は勇介の首筋に頬をすり寄せてくる。体温が上昇したことで、漂う香水の匂いがますます強く感じられる。しかし、それは少しも不快な香りではなかった。

吸い込めば吸い込むほどに、スラックスの中に強引に封じ込めた肉柱が、びくびくと反応してしまう。

「ねえ、早くぅ……ワンピースを脱がせてよ。身体が火照っちゃってるの……」

焦れたように彩乃が甘え声を洩らした。体躯が熱を帯びているのは勇介も同じだ。まるで欲望という炎が燃え盛っているみたいだ。

勇介は名残惜しさを覚えながらも、まろやかな曲線を描くヒップから右手を離すと、彩乃のワンピースの首筋の辺りを探った。

細長いティアドロップ形のファスナーの留め金具を摘《つ》まむと、そろりそろりと引きおろしていく。

ファスナーが引きおろされるにしたがい、色白の背筋が露わになっていく。それはまるで、蝶々が蛹《さなぎ》から羽化するさまを連想させた。

ファスナーがウエストラインよりも下までさげられると、彩乃は肢体をなよやかに左右に揺さぶった。留め具を失ったワンピースがかすかな衣擦《きぬず》れの音を立てて、床へと舞い落ちる。

「ああんっ、ひとりだけ下着姿なんて恥ずかしいわ」

脱がせてくれとせがんだくせに、彩乃はしなを作った。胸元で両手を交差させたことで、Ｅカップは優にある乳房の谷間がより強調される。

綺麗な弧を描く瞳には物欲しげな色が見え隠れしていた。その熱視線はスラックスに包まれた勇介の下腹部に注がれている。

「ファスナーがきつきつになっていて苦しそうだわ。ねえ、今度はわたしが脱がせてあげる」

言うなり、淡いパープルのランジェリー姿の彩乃は勇介の前にしゃがみ込み、スラックスのベルトへと手を伸ばしてきた。

年上の人妻の行為は予想がつかない。勇介は喉仏を上下させながら、彩乃の仕草をじっと見守った。

思いのほか手際よく、ベルトが緩められる。太腿の付け根の辺りから込みあげてくる淫らな予感に、勇介はうっすらと開いた口元から荒い呼吸を吐き洩らした。

彩乃の暴挙は止まらない。ベルトを外した指先が今度はスラックスのファスナーへと伸びる。

「硬くなっちゃってるから、なかなか下がらないわ。こんなにガッチガチにしちゃうなんて、スケベなことをいっぱい考えてるんでしょう？」

張りつめたファスナーを宥《なだ》めるように引きおろしながら、彩乃はお姉さんっぽい口調で囁いた。

思えば、彼女は勇介よりもひと回りも年上で、ましてや人妻なのだ。そう思うと逆らう気にはなれず、言いなりモードになってしまいそうだ。

　彩乃は左手で屹立を優しく押さえ込みながら、スラックスの前ホックを外し、ファスナーをするすると押しさげた。留め具を失った前合わせがだらしなくはだける。

「ふふふっ、トランクスの前のところが大変なことになっちゃってるわ」

　スラックスの前合わせに指先をかけながら、彩乃はトランクスのフロント部分をじっと観察すると、指先でつーっとなぞりあげた。そこにはぬるついた牡汁が淫らなシミを形づくっていた。

「エッチなのね。こんなにぬるんぬるんにしちゃうなんて。男の子だって興奮すると濡れちゃうのよね」

　トランクスに顔を寄せる彩乃の表情は楽しそうだ。彼女は下腹部でだらしなく留まっていたスラックスを掴むと、それを膝のあたりまでずるりと引きずりおろした。

　それだけではない。トランクスの上縁を両手で掴むと、さらに引きおろそうとするが、下腹に付くくらいに反《そ》り返っているペニスが、釣り針の返しのようになっていてそう簡単におろすことができない。

「若い子ってすごいわね。オチ×チンがお腹につきそうなくらいに勃起《ぼっき》しちゃうだなんて」

　まるで他の誰かと比べるかのように呟くと、彩乃はトランクスを前方に引っ張りながら慎重に押しさげた。

覆い隠すトランクスを失ったペニスが、弾《はじ》けるように彩乃の眼前に飛び出してくる。

「ああん、こんなにべとべとにしちゃって。男の人の身体って正直よね」

瞳に妖しい光を湛《たた》えると、彩乃は濃厚な口づけで滲んだ唇を舌先でちろりと舐めてみせた。形のよい口元を見ているだけで、はしたない妄想が次から次へと浮かびあがってくる。

「はぁん、見ているだけで興奮しちゃうわ。だって、とっても美味しそうなんだもの」

彩乃は整った目尻を緩めると、ルージュで彩られた唇を大きく開き、珊瑚色の舌先をぐうんっと伸ばして上下に動かしてみせた。濡れ光る粒《つぶ》だった舌先の表面を見ているだけで、剝《む》き出しになった淫嚢《いんのう》の表面がうねうねと波打ってしまう。

「本当に男の人のオチ×チンって不思議ね。ここだけがまるで別の生き物みたいなんだもの」

ネイルを施した左の指先でぬらぬらと光る肉柱をきゅっと摑むと、彩乃はぷりっと張りだした亀頭に唇を寄せた。すぼめた唇で軽くキスをしたかと思うと、今度は舌先を伸ばして、淫らな牡汁を吹きこぼす鈴口《すずぐち》をてろりと舐めあげる。

散々オナニーはしているが、精液どころか先走りの液体さえ自分ではほとんど舐めたことがない。それなのに彩乃はちゅぷっと音を立てて、鈴口から溢れ出る淫汁を美味しそうにすすりあげている。

「すっごくエッチな味がするわ。ナメナメしていると、どんどんいやらしい気持ちになっちゃうっ」

彩乃は唇を大きく開くと、宙を仰《あお》ぐように隆々と反り返る屹立をずるりと咥《くわ》え込んだ。パープルのブラジャーしか着けていない上半身を緩やかに前後に振り動かしながら、深く浅くとペニスを飲み込み舌先をねっちりと巻きつける。

「うっ、うあっ……」

一番敏感な部分を刺激され、勇介は喉の奥に詰まった声を洩らした。生温かくぬめ返る口内粘膜に包み込まれる快感は、オナニーとは比べ物にならない。

ましてや目の前にしゃがみ込んで、おしゃぶりをしているのは普段は近寄りがたい美貌の女上司なのだ。緩やかに肢体を前後させるたびに、パープルのブラジャーに包まれた彩乃の美乳がふるふると弾んでいる。

「はあ、おしゃぶりをしていると余計に感じちゃうっ……」

彩乃はもどかしげに肢体をくねらせると、怒張を深々と咥えたまま両手を背中へと回した。勇介にできることは快感を貪《むさぼ》りながら、人妻の仕草に目を凝らすことだけだ。

背中に伸びた彩乃の指先が、パープルのブラジャーの後ろホックをぷちんと外す。勇介の手のひらに収まりきらなかったボリューム感に溢れた完熟した乳房が、まるで音を奏でるようにこぼれ落ちてくる。

ブラジャー越しに揉みしだいたときに、その頂きがつんとしこり立つのを感じていた。色白の肌に相応《ふさわ》しく、乳輪や乳首はミルクをたっぷりと入れた紅茶の色合いだ。洋物のアダルトビデオに登場する女優のような色素の淡いピンク色でないところが、逆に生身の人妻の生々しさを醸《かも》し出している。

ぢゅるるっ、ちゅるっ、ちゅっ……。

彩乃は飴玉でも舐め転がすように、口の中に含んだ男根に舌先をまとわりつかせる。男というのは視覚でも興奮する生き物だ。目の前で揺れるたわわに実った乳房が、下腹部を包み込む性感を何倍にも増幅させる。

「ああ、あんまりされたら……やっ、ヤバいですってっ……」

たまらず勇介は閉じ合わせた前歯の隙間から、懊悩《おうのう》の声を洩らした。いくら堪えようと思っても、肛門括約筋《かつやくきん》に不自然に力がこもるような快感が矢継《やつ》ぎ早に湧きあがってくる。

年下の男の訴えに、彩乃はようやくペニスを解放した。

「わたしだって感じちゃってるのよ。もうっ、欲しくて欲しくてたまらなくなっちゃうっ」

乳房を露わにしたまま、彩乃はショーツとストッキングに包まれた下半身を八の字を描くようにくねらせた。

牝蜜の匂いだろうか。彼女がヒップをくねらせるたびに、甘酸っぱい匂いが漂ってくる。

「欲しいって、どうすればいいですか？」

少々野暮とも思えるような勇介の問いに、彩乃は、

「んーっ、ベッドに連れていって……」

とやや伏し目がちになった瞳を潤《うる》ませた。

勇介は彩乃の右手首を掴むと、ゆっくりと立ちあがらせた。シティホテルといってもそれほどは広くはないシングルルームだ。

足元に履いていた靴を脱ぎ捨てながら、縺《もつ》れあうようにしてシングルサイズのベッドに倒れ込む。彩乃を押し倒すのではなく、彼女の肢体を受け止めるように勇介が下になった格好だ。

仰向《あおむ》けになった勇介の腰の辺りに、彩乃が両膝を開いて跨る。

「なんだか男と女が逆になったみたいな感じね。でも、なんだかこういう感じってヘンに昂ぶっちゃうわ」

勇介の瞳をのぞき込みながら囁くと、彩乃は勇介が着ていたワイシャツのボタンをひとつずつ外していく。

「男の人のおっぱいって、ちっちゃくて可愛いわ」

乳輪の中に埋もれかけた、直径五ミリにも満たない乳首を指先でつっ、つっとクリックすると、彩乃は前傾姿勢《ぜんけいしせい》になって舌先をまとわりつかせた。舌先で愛撫をしながら、勇介の膝の辺りで留まっているスラックスとトランクスを摑み、ずりおろそうとする。

年上の女の意図《いと》を感じ、勇介は腰をひねりながら自らの手でスラックスとトランクスを一緒に脱ぎ捨てた。勇介の体躯に残っているのはソックスだけになる。

「本当にすごいわね。オチ×チンがお腹にくっついちゃいそうだもの」

彩乃は嬉しそうに目を細めた。

「ねえ、脱がせて……」

そう言うと、彩乃は熟れた尻をゆっくりと揺さぶってみせた。丸い尻を包み込むシヨーツの底からは、熟れきった果実のような酸味の強い甘ったるい香りが漂ってくる。

勇介はパンティーストッキングのゴムの部分に指先をかけると、まるで完熟した桃の皮を剝くように、ショーツと一緒に太腿の辺りまでずるりと引きずりおろす。

彩乃は腰を左右にひねって、片足ずつ薄衣の脱ぎおろしに協力する。ショーツとストッキングを足首から引き抜くと、とうとう彩乃は一糸まとわぬ形になった。

彼女は女豹のように前かがみになると、もう一度唇を重ねた。キスの雨を降らせながら、右手で男の小さな乳首を、左手で威《い》きり勃《た》ったペニスを摑むと、ゆっくりと上下にしごきあげる。

「すごいわ。エッチなオツユが後から後から溢れ出してくるわ」

鈴口から噴きこぼれる淫汁を指先になすりつけながら、彩乃はむっくりと傘を張りだした亀頭をゆるゆると撫で回す。まるでたっぷりのローション越しにこすりあげられているみたいだ。

「ああっ、それ……そこはヤバすぎますっ……」

人妻の淫戯に勇介は呆気にとられるばかりだ。肉棒だけを刺激されるよりも、乳首を悪戯されながらのほうが何倍も心地よさがアップする。

重なった唇の隙間から勇介の快美に喘ぐ声が洩れた。まるで、老獪《ろうかい》な男に弄ばれる小娘のような心持ちになってしまう。

「男の人も濡れちゃうのね。わたしだって感じて、感じすぎて……ぬるんぬるんになっちゃってるのよ」

膝で肢体を支えていた彩乃は、媚《こ》びるような眼差しで勇介を見つめるとゆっくりと身体を起こした。

Ｅカップの乳房は重たげにふるふると揺れ、牡の視覚を誘惑する。彩乃は勇介の胸元に手をつくと、両の太腿を左右に大きく割り広げるようにして勇介のウエストの辺りに騎乗した。

Ｍの字型を描く、両足の付け根に息づく女の部分があからさまになる。勇介は両の眼《まなこ》をこれ以上開かないというほどに見開いて、逆三角形に整えられた草むらの下に潜む縦長の女唇を見つめた。

恥丘の上は黒々とした縮れ毛が密生しているが、ぽってりとした大淫唇などには恥毛は見当たらない。剃《そ》っているのか、脱毛しているのかはわからない。

ただ色白の太腿よりもやや色素が濃い大淫唇は、無毛でつるんとしていた。黒々とした毛が生い茂る女丘とのギャップが、なんともエロティックに思える。

「ああん、そんなに見つめられたら恥ずかしくなっちゃうわ」

喉元をわずかに反らしながら、彩乃は悩乱の声を洩らす。しかし、大きく割り広げた女の切れ込みを隠そうとはしない。むしろ見せびらかそうとしているようにさえ思える。

「彩乃さんって本当はものすごくエッチなんですね」

「はあっ、エッチだなんて言われたら、余計にいやらしい気持ちになっちゃう。エッチじゃない女なんているわけないじゃない。そんな女がいたとしたら、女の悦びを知らないだけよ」

勇介のウエストの辺りに跨った彩乃は、両手で量感に満ち溢れた乳房を下から支え持ちながら肢体を揺さぶってみせた。

「エッチなのは勇介くんだって同じでしょう。だって……」

「だってって？」

「勇介くんの硬くなったオチ×チン。さっきから、わたしのお尻の割れ目に当たってるんだけど」

彩乃は内腿を両手でさらに大きく開くと、下腹につきそうな程に男らしさを蓄えたペニスが熟れ尻の割れ目に当たるようにヒップを揺さぶってみせた。

「硬くなってる上に、ぬるぬるなんだもの。興奮しちゃうに決まってるじゃない」

彩乃は半開きの唇から熱っぽい吐息を洩らすと、ベッドの上に両手をつき、下半身をわずかにあげて後ずさりした。

勇介の視界からは、威きり勃ったペニスのすぐ先に、洋蘭を思わせる彩乃の女花が咲き誇っているように見える。

彩乃は右手で若者らしい勃起角度を見せる男根を握り締めると、濡れ光る太腿のあわいへとこすりつけた。

「ああんっ、気持ちいい。硬いのでこすられると感じちゃうの」

勇介に見せつけるように、彩乃はわずかに腰を浮かせて、大淫唇にペニスの先をなすりつける。

ちゅっ、くちゅっ、ぢゅっ……。

淫猥《いんわい》なジュースにまみれた粘膜色の性器がぶつかるたびに、脳髄に響くように湿っぽい音があがる。

「はぁっ、感じちゃう。オチ×チンが当たってるの。こうしてずりずりこすり合わせてるとオマ×コが蕩けちゃうみたいっ……」

彩乃は目を閉じて、一番感じる部分に当たるように腰を小さくくねらせている。大淫唇からちろりとはみ出した二枚の花びらは、肉の色合いがいっそう鮮やかだ。

ピンク色のルージュを塗った唇を思わせるラビアの合わせ目には、綻ぶ寸前の花蕾がちょこんと顔をのぞかせている。

「ねえ、見て……。勇介くんのオチ×チンと当たっているの。気持ちがよすぎて、どんどんお汁が溢れてきちゃうっ」

彩乃は緩やかに腰をくねらせながら、鼻にかかった声を迸らせた。肉柱が花びらのあわいをなぞるたびに、どちらから滲み出したのかわからない濃厚な潤みにまみれた肉器官が卑猥《ひわい》な音を立てる。

見せつけるような素股は二十代前半の勇介には刺激が強すぎる。

「んんっ、彩乃さん、スケベすぎますよ。そんなふうにじゅこじゅこされたら……射精《で》ちゃいますって」

勇介は情けない声を洩らした。堪えようと思っても、快美感が玉袋の裏側の辺りから、じりじりとせりあがってくる。

肉枚の花びらが肉幹にひらひらとまとわりついてくるような感触は魅力的だが、花びらの隙間からちらちらりと見える赤みの強い牝壺の中に取り込まれたくなってしまう。

「あっ、彩乃さんっ……意地悪しないでくださいよ」

ベッドの上に仰向《あおむ》けに寝そべった勇介は我慢ができないと訴えるように、下半身をくいっくいっと跳ねあげた。

「ああんっ、だってえ……わたしは一応は人妻なのよ……」

亀頭をクリトリスにこすりつけながら、彩乃は悪びれるようすもなく言ってのけた。

「そっ、そんな……これじゃあ、ヘビの生殺しですよ。彩乃さんだって、本当はチ×コが欲しくて欲しくてたまらないんじゃないですか？」

勇介は両手で彩乃の太腿をまさぐりながら、懇願の声を絞りだした。このまま緩やかに腰を振り動かされ続けたら、二枚の花びらのあわいに青臭い樹液を放出してしまいそうだ。だが、それではあまりにも切なすぎる。

ここまできたら、人妻の熟れきったぬかるみの中にペニスを突き立てずにはいられない。勇介は牡としての逞《たくま》しさを誇示するように、下から腰を前に前にと突き出してみせた。

「はあっ、若い子ってやっぱり勢いがあるのね。そんなふうに下から突きあげられたら、硬いのでオマ×コをいっぱいにされたくなっちゃうっ……」

彩乃は上半身を弓のようにのけ反らせると、勇介の腰の辺りを跨ぐように膝立ちになった。鋭角で反りかえる肉槍をしっかりと摑み、牝蜜にまみれた花びらの中心目がけてあてがい、ゆっくりと体重をかけながら少しずつ少しずつ咥え込んでいく。

ぢゅるぷっ、ぢゅぶっ……。

亀頭の先端に、甘蜜で溢れ返る膣内の温もりとさざめくような膣壁の蠢きを感じる。

「うわあっ、すげえっ、ぬるぬるのぐちゅぐちゅだっ……」

勇介は歓喜の声を迸らせた。

「はあっ、いっ、いいっ、かっ、硬いのが入ってくるぅっ。ああーんっ、オチ×チンが突き刺さってるぅっ。あーんっ、オマ×コの中がぁ、オチ×チンでいっぱいになっちゃうっ……」

膝立ちになった彩乃はゆっくりと肢体を前後させながら、膣壁を押し広げる怒張の逞しさを味わっている。

「ひあっ、気持ちいいっ。彩乃さんの膣内《なか》、あったかくてチ×コに絡みついてくるっ……」

勇介は目の前でたぷたぷと揺れる乳房を両手で鷲掴みにした。ペニスにばかり意識が集中したら、すぐにでも暴発してしまいそうだ。

意識を少しでも逸らすために、手のひらで柔乳を下から支え持ち、親指と人差し指の腹を使ってこねくり回す。とても、自ら腰を跳ねあげるような余裕などない。

「んんっ、いいわあ。奥まで突き刺さってるの。ああんっ、おっぱいを弄られると、余計にヘンになっちゃうっ……」

彩乃の声が甲高《かんだか》さを増し、ペニスをじゅっぽりと咥え込んだ蜜肉の締めつけがきつくなる。

「うわっ、だっ、だめですっ……。そんなにキツくしたら……」

勇介は顎先を突き出しながら身悶えた。肛門に力をぎゅっと入れていなければ、いまにも暴発してしまいそうだ。きりきりと締めあげたかと思えば、今度はやんわりとペニス全体を包み込む。こなれきった蜜壺の感触はそれほど魅力的だった。

「もう、しっかりしてよ。せっかくひとつになったのよ。わたしの身体に火を点《つ》けたんだから、満足させてくれるまでは絶対に許してあげないんだから……」

彩乃は乱れる息遣いに乳房を波打たせながら、早くも限界を口にする年下の男をあやすように囁いた。

「まだまだよ。たっぷりと楽しませくれなくちゃっ……」

彩乃はわずかにヒップを浮かびあがらせると、深々と咥え込んだペニスをゆっくりと引き抜いていく。

「ああっ、そんな……いま抜かれたら……」

ペニスが膣壁に取り込まれるような快感に酔い痴れていた勇介の口から、未練がましい声がこぼれる。

亀頭の先端が、クチバシのような子宮口に口づけをするくらいに深く飲み込まれていたペニスは、いまにも抜け落ちる寸前だ。肉幹はやや白く泡立った男女の蜜液にまみれている。

「あううっ……ぐうっ」

最高の瞬間を目前にして、お預けを喰らった形の勇介はぜえはあと胸を喘がせた。

「言ったでしょう。わたしが満足するまでは許してあげないって。どう、少しは落ち着いたかしら？」

勇介の体躯に悠然と跨ったまま、彩乃は口元にかすかな笑みを浮かべて囁きかけた。熟れた女の貪欲さを、あらためて思い知らされたみたいな思いがした。

「じゃあ、もう一度ね。いい、我慢できなくなるといけないから、勝手に腰を動かしたりしたらだめよ」

彩乃は右手の指先に軽く歯を立てると、いつの間にかきゅんとしこり立っていた勇介の乳首をつんっと弾いてみせた。その仕草はいかにも年上の女という感じだ。

「たっぷりとわたしを楽しませてね」

うなじの辺りにこびりつくように囁くと、彩乃は再びヒップを落とし、勇介の肉柱を根元まで飲み込んでいく。今度は前後に腰を振り動かしたりはせずに、細やかな襞《ひだ》が無数に隆起する膣壁をきゅっ、きゅっとリズミカルに締めつける。

「はぁんっ、硬いわあ。若いんだから、一度射精《で》ちゃったたって何回でもできるんじゃないかしら？」

膣内を自在に締めつけながら、彩乃は悪びれるふうもなく囁いた。

「そんなこと言ったって……男にはげっ、限度ってもんがありますよ」

「あら、若いくせにだらしがないことを言わないでよ」

くふっと笑ってみせると、彩乃は円を描くように腰を緩やかに揺さぶりはじめた。膣の中はどんどん潤みの強い蜜で満たされていくみたいで、どんどん快美感が強くなる。

勇介があやうく暴発しそうになると、彩乃は腰の動きを止めて寸止めをする。それを何度も何度も執拗に繰り返す。まさに寸止め地獄だ。

「はあっ、こっ、こんな……こんなの……」

絶頂が近くなるたびに、玉袋がきゅうんとせりあがり、背筋が弓のようにしなりそうになる。彩乃はそれを冷静に見極めているみたいだ。

肉の悦びも限度を超えると、それは拷問に近くなる。イキたいのにイケない。勇介は女のような甲高い声で喘ぎ続ける。

「はあっ、もっ、もう限界ですっ……イッ、イカせてくださいっ」

「困ったわね。我慢がきかないんだから」

彩乃は拗《す》ねたようにわずかに頬をふくらませた。

「いいわ。じゃあ、わたしがいいって言うまでは我慢をするのよ」

そう囁くと、彩乃はひときわ深く牡銃を飲み込んだ。かすかに円を描くように腰を振りながら、太腿の付け根へと右手の指先を伸ばす。

ぢゅくっ、ぢゅぶっと破廉恥《はれんち》な音を立てる男女の結合部を確かめると、その指先はぷっくりとふくれあがったクリトリスをリズミカルに刺激した。まるで、下から上へと薄い肉膜を剝きあげるような指使い。

「あっ、いいわ。きっ、きてるっ、奥からおっきい波がきてるっ。ああっ、いいわ。動いてえ。下から突き上げて。思いっきり突きあげてえ！」

淫核をかき乱す指先の動きが激しくなる。勇介は渾身《こんしん》の力を振り絞って、彩乃の身体が宙に舞うほどの力で腰を跳ねあげた。

「ああっ、いいっ、イッ、イクッ……イッちゃうっ、イクゥーッ！」

勇介の体躯の上で彩乃の肢体がびゅくんと大きく弾んだ。絶頂を迎えた媚肉が、まるで鼓動を打つように不規則な蠢きを見せる。

「ぐわっ、締めつけてくる。なんだ、これっ……オマ×コ全体がざわざわと動いて、しっ、搾《しぼ》り取られるっ！」

苦悶にも似た声を迸らせた瞬間、彩乃の最奥に埋め込んだ亀頭の先端から、熱く煮え滾《たぎ》った樹液がすさまじい勢いで噴きあがった。

焦らしに焦らされたのだ。尿道を駆けあがった白濁液《はくだくえき》はびゅっ、びゅびゅっと子宮口に吹きかかる。

「ああっ、熱いっ……熱いのが……いっぱいっ、いっぱい射精《で》てるっ。オマ×コの中に射精《で》ちゃってるうっ」

彩乃は背筋を大きくしならせると、巻き髪を振り乱して狂乱の声を迸らせた。うっすらと汗ばんだ肌から漂う香水の匂い。

「はあん、射精《で》てるのに……射精《で》ちゃってるのに……ああんっ、まだ硬いなんて……ああんっ、もっともっと欲しくなっちゃうっ。かっ、身体が欲張りになっちゃうっ！」

若牡の欲情の液体を受けとめながらも、彩乃の腰使いは止まりはしない。それどころか、一滴《いってき》残らず搾り取ろうとするかのように情熱的に前後に振りたくる。

「もっとよ。もっと……。オマ×コの中が精液《ザーメン》だらけになるくらいに、いっぱいっ、いっぱい射精《だ》してえっ……」

うわ言のように繰り返しながら、彩乃は無我夢中というさまで下半身をくねらせる。部屋の中に漂う香水の匂いが、勇介の心身をも炎上させるみたいだ。

「あっ、彩乃さんっ、彩乃さんっ……」

勇介は彼女の丸い尻を両手でがっちりと摑むと、その深淵目がけて牡杭をがつんがつんと撃ち込んだ。

抜け落ちる寸前まで腰を引いてから再び突き入れると、女壺の中に充満した白濁液がどろりと音を立てて溢れ出してくる。

「はあっ、ヘンになるっ……どんどんヘンになっちゃうっ……」

肢体を支えられなくなった彩乃が、勇介の胸元へと倒れ込んでくる。首筋から漂う香りに、彩乃の中に突き入れたままのペニスがびゅくんと反応する。

勇介は荒っぽい呼吸を吐き洩らすと、巻き髪が張りついた彩乃の首筋に鼻先を寄せた。

妙齢の女から漂ってくる芳しい香りを嗅げば嗅ぐほどに、全身に力が漲るみたいに思える。

「ねえ、まだまだできるでしょう？　今夜はめちゃめちゃになりたい気分なの」

彩乃は勇介の耳の穴に舌先を挿し入れると、ちろりと舐め回した。ぬるっとした感触に、蜜壺に突き入れたままのペニスがびくんっと反応する。

「ああん、いいわあ。感じちゃうっ」

耳の縁に軽く歯を立てながら、彩乃はほの白く柔らかなヒップを緩やかに回転させ続けた——。

第二章　発情した同期の媚肉にぶち撒けて

研修が終わった次の週から勇介は商品開発部に配属された。社屋といっても、部署ごとに棟が分かれているので巨大な工場という感じだ。

彩乃が言っていたとおり、同期入社の柏崎沙羅も同じ部署になった。文系の勇介とは違い、沙羅はバリバリの理系女子だ。商品開発部は動きやすいことと、衛生面を慮《おもんぱか》ってか、淡いピンク色のワンピーススタイルの制服の上に、さらに白衣を羽織っている。

足元にはナースのような白いサンダルを履いているので、会社というよりは医療施設に迷い込んだような気持ちになってしまう。

とはいえ、それは勇介も例外ではない。男性社員の制服はネイビーブルーの上着とズボンだが、同じように白衣を羽織っている。

沙羅は就職活動のときに、自作の香水のサンプルを持参したという噂だ。それが評価されて内定が決まると同時に、商品開発部から引き抜かれたというまことしやかな噂《うわさ》も流れていた。

しかし、実際の沙羅を見ているとサンプルなど持参して、自身の売り込みをかけるような積極的なタイプには思えなかった。どちらかといえば、口数が多くはなくおとなしい感じに思える。

身長は百五十五センチあるかないかなので、他の女性社員たちと並ぶと小柄なのがいっそう際立《きわだ》つ。さらに白衣越しに見ても華奢《きやしや》なタイプなのでさらに小さく見える。

肩よりもやや長い艶々としたストレートの黒髪は、後頭部でさりげなくまとめている。耳たぶが小さい耳にはピアスなども着けていなかった。

小柄な体形に相応しく小顔だが、あどけなさの残る子猫のような丸い瞳とお雛《ひな》さまみたいに愛らしい口元が印象的だ。

化粧品会社に勤務しているのに、メイクは決して華やかではなく、スッピンかと思ってしまうほどのナチュラルメイクだが、それが彼女の楚々とした雰囲気にはとても似合っていた。

同じ課に配属された新入社員といっても、勇介は主にデータの入力などを担当している。それに対して、沙羅は実験器具のような機材に囲まれていた。

しかし、勇介がそれを羨ましいと思うことはなかった。わからない仕事を任せられるよりも、できる仕事をするほうが性に合っていたからだ。

ただ、彩乃からは沙羅の仕事をなるべく手伝うようにとも言い聞かされている。

勇介としても、研修の延長戦のつもりでそれに応じたいのだが、沙羅は仕事中はガラス張りの実験室の中で過ごしていて、ほとんど接点がない。そんな状況が、いささか歯がゆく感じてもいた。

ガラス越しに沙羅の姿を見かけると、なんとなく可愛らしいと思えてしまう。それは、動物園などでガラスに囲まれた飼育室にいる小動物に対する感情にどこか似ている気がした。

商品開発部に配属されてひと月ほど経った頃のことだ。社内食堂で定食の列に並んでいた勇介は背後から声をかけられた。

振り返ると、そこには白衣を脱いだピンク色の制服姿の沙羅が立っていた。

身長百七十三センチほどの勇介とは二十センチほど違うために、沙羅はやや勇介を見あげる格好だ。

「あっ、あの……ご相談があるんです」

「相談って……？」

「ええと、仕事のことなんですけれど……」

「それは構わないけれど、僕にわかることなんてごくごく限られていると思うよ」

「いえ、香取さんに是非とも聞いてみたいことなんです」

「それって、どんなことかな」

「あっ、すみません。相談の内容は、ここではちょっと……」

沙羅は周囲を気にするように声を潜めた。社内食堂には色々な部署の人間が出入りしている。同じ会社内とはいえ、他の部署の人間にはあまり聞かれたくない話のようだ。

定食の列は少しずつ進んでいく。列に並んだ状態では込み入った話はできそうもない。

「あの、午後に連絡を入れますね」

「うん、わかったよ」

昼食が終わり、午後の就業時間になると沙羅が実験室から出て、パソコンの入力画面に向かう勇介のデスクにやってきた。社内メールかなにかで連絡を入れてくると思っていただけに、これには少々面喰らった。

もともと商品開発部には個々のデスクが用意されているが、研究や開発に携わっている社員は実験室や会議室に缶詰めになっていることが多く、勇介がいるオフィスにはほとんどいない。

「すみません。急に相談がしたいなんて」

「いや、いいけれど、相談ってどういうことかな」

「実はいま香水の開発をしているんです。男性受けするってコンセプトの香水が大ヒットしたのはご存知ですよね。あまりにもヒットしたのでアレンジや濃度を変えて、何種類も販売しているんです。それで今度は女性受けするっていうコンセプトの香水の開発に取りかかっているんです。まだあくまでも内密の話なので、社内でも大っぴらには話せないんですけれど……」

「ああ、香水の話なら研修のときの講師だった三國課長から、ちらっと聞いたことがあったよ」

「そうなんですか。男性受けするっていうのは、女性ってなんとなくだけどわかる気がするんです。だって、もともと香水っていうのは、男性を惹きつけるために女性がつけるものでしょう」

「まあ、そうだろうね。三國課長も同じような話をしていた気がするよ。あの女性《ひと》も多少なりとも開発にかかわったって言っていたらしいね」

「そうみたいですね。三國課長はもともとデパートなんかでの実演販売で実績を築いた叩き上げのかただから、社内での評価も高いらしいんです」

「それで、僕に相談っていうのは？」

「具体的に言うと、開発中のサンプルをつけて感想を聞かせて欲しいんです。香水って同じ銘柄でも、レディースやメンズがあったりするでしょう。でも、今回はなかなか上手くいかなくて……。実際に肌につけないと本来の香りも出ませんし」

「まあ、そんなことは大したことじゃないし構わないけど」

「本当ですか。助かります。試しに何パターンか作ってはみたんですけれど、なかなか自分ではわからなくて……」

勇介の言葉に、沙羅は嬉しそうに表情をぱっと明るくした。小動物のように丸い瞳がいっそう輝いて見える。

「それじゃあ、お願いできますか。できれば、就業時間後に会議室で試してみて欲しいんですけれど……」

沙羅は遠慮がちに訴えた。

「えっ、就業時間中じゃダメなのかな」

「できれば……。一応はまだまだ試作段階なので、内密にお願いできませんか？」

「うーん、どうしてもっていうならいいけれど……」

本当は残業などはしたくはない。しかし、彩乃から頼まれていたこともある。ここは沙羅の望みに付き合うしかなさそうだ。

幸いなことに今日は金曜日だ。多少、帰りが遅くなったとしても翌日のことを気にする必要もない。

「じゃあ、午後五時半に第七会議室に来てもらっていいですか？」

「うん、わかったよ。その時間に第七会議室に行くようにするよ」

「本当にありがとう。よかったわ、香取さんが同期で……。女にはどんな香りが女性受けするのかなんてわからないもの」

沙羅は無邪気な子猫のように笑ってみせた。彩乃は猫科だとしても迫力に満ちた女豹という感じだが、沙羅はまだ瞳の色が青いままの子猫という感じに思える。考えてみれば、同じ部署だというのにまともに話をしたのはこれがはじめてのことだ。

抱き締めたら壊れてしまいそうな儚《はかな》さを感じさせる沙羅には、彩乃にはない魅力が漂っていた。


午後五時半すぎ、勇介は第七会議室に向かった。第七会議室はずらりと並んだ会議室の中でも一番奥にある。第一から第三までは大人数での会議ができるようになっているが、残りの会議室は少人数向けの小さな部屋だ。

扉を開けると、すでに沙羅が待っていた。沙羅は就業中と同じように淡いピンク色の制服の上に、白衣を羽織っている。

テーブルの上には、臭気を測定する機器と番号シールが貼られた小さな香水入れ《アトマイザー》が何本も載っていた。

「すみません。我儘《わがまま》に付き合わせてしまって」

「我儘っていったって、柏原さんにはこれも仕事の内なんでしょう？」

「まあ、そうなんですけれど……」

沙羅ははにかんだように小首を傾《かし》げてみせた。小柄で華奢なせいか、なにげない仕草のひとつひとつが愛らしさを醸し出している。

「では、ひとつずつお願いします。匂いが混ざらないように、まずは右の手首につけてもらえますか？」

言われるままに、勇介は「1」と書かれたアトマイザーに入った香水を右の手首に吹きかけた。やや酸味が強い柑橘系の匂いが周囲に漂う。

「へえ、これはシトラス系の匂いなんだ」

勇介は右の手首に鼻先を近づけると香りを確かめた。良くも悪くも、ごく普通の男性向けの香水の香りだ。

「すみません。ちょっと嗅がせてもらってもいいですか？」

沙羅は勇介の右手を摑むと、鼻先を近づけて鼻を鳴らした。沙羅の手のひらはしっとりと水分を孕み、勇介の素肌にぴったりと吸いついてくるみたいだ。

うわっ、なんだろう。沙羅さんの指先って瑞々しくて、肌に張りついてくるみたいだ……。

思わず感嘆の声が洩れそうになってしまう。勇介は右手首を摑む沙羅の指先の感触を味わった。

「では、匂いが混ざってしまうので、今度は「2」のサンプルを左手首につけてもらえますか？」

「今度は左手なんですか」

「ええ、香水の香りってデリケートだから、同じ場所につけると違いが判らなくなってしまうんです」

「へえ、そういうもんなんですか。僕ってダメですね、化粧品会社に勤めているくせに肝心なことをわかっていなくて」

「男の人ってそんなものだと思いますよ」

自信なさげに呟く勇介を気遣うように、沙羅が微笑《ほほえ》んでみせる。心がほわんっとするような癒し系の笑顔だ。

勇介はアトマイザーを受け取ると左の手首に吹きかけた。シトラス系とは趣きの異なる香りだ。

「「2」はグリーン系の爽やかさをイメージしたんです」

沙羅は今度は左手首の匂いを嗅いだ。

「悪くはないけれど、やっぱり普通というかインパクトに欠ける感じですね」

勇介の肌についた香水の匂いを嗅ぐたびに、沙羅はそのイメージと感想を事細かに書き記していく。その姿はいかにも研究職という感じだ。

「匂いが混ざってしまうから、少しずつ場所を変えてもいいですか。すみません。白衣を脱いでもらってもいいですか」

言われるままに勇介は白衣を脱いだ。ネイビーブルーの制服は半袖なので、今度は右の肘の内側にサンプルをつける。

その次は左の肘の内側にもサンプルをつけた。足首や膝の裏側につける方法もあるのだが、制服のズボンを着ているので上半身に限定をしているようだ。サンプルをつけるたびに、どんどん身体の中心部分に近づいていく。

あまり広くはない会議室の中は香水の匂いが充満していた。香りの種類が異なる香水が幾つも混ざると、少しずつ頭がくらくらとしてくる。しかし、それは沙羅も同じはずだ。

サンプルの実験に付き合うことを承諾した以上は、中途半端に切りあげることもできない。少なくとも沙羅が納得できるまでは付き合うしかなかった。

同じところに重ねづけをすることはできないので、自然とサンプルをつける場所は限られてくる。

「ねえ、制服の上着を脱いでもらってもいいですか？」

沙羅は大胆な言葉を口にした。制服の下にはインナーシャツを着ているが、無下《むげ》に断ることはできない。

促されるままに勇介は制服の上着を脱いだ。白いインナーシャツ姿を目にすると、沙羅は恥ずかしそうに視線を逸らし、まぶたの辺りをうっすらとピンク色に上気させた。

別に裸になったわけでもないのに、意外と初心なタイプなんだな……。

沙羅の表情には羞恥の色が滲んでいる。年下の男を挑発して楽しそうな笑みを浮かべる彩乃とは、まるで真逆の反応に思えた。

沙羅はまともに勇介の顔を見ることができなくなったようで、恥ずかしそうに俯いたまま肩を小さく上下させ、わずかに呼吸を乱している。

それでも、それを勇介に悟られまいと小刻みに息を繋《つな》いで、呼吸を整えようとしている。そんな姿が妙にいじらしく思えた。

「あと、二箇所だけ試してもいいですか？　左右の耳の後ろにサンプルをつけて欲しいんです」

「あと二箇所でいいんですね。わかりました。じゃあ、つけてください」

「ありがとう。やっぱり実際につけてみないとわからないことがたくさんあって。香取さんの協力は絶対に無駄にしませんから」

沙羅はうっとりとしたように目を細めると、部屋の中に漂う香水の匂いを吸い込んだ。

いつもはどことなく理知的に聞こえる声が、どことなく艶を帯びている。

ぷしゅっ。右の首筋にスプレーが吹きかかる。かすかにひんやりとした感触を感じ、勇介は首をすくめた。

その首筋に沙羅の鼻先が近付いてくるのを感じる。

「はあっ、なんだかこれっていい感じかも……。すっごくセクシーな匂い……」

ゆっくりと深呼吸を繰り返しながら、沙羅は悩ましい声を洩らした。普段の実験器具を手にきびきびと動き回っている姿とは違い、動作や口調がややゆっくりと感じられる。

「じゃあ、これで最後です」

今度は左の首筋にスプレーが吹きかかった。勇介の鼻腔にも濃厚な香りが忍び込んでくる。どことなく異国情緒を感じさせる匂いは、今までの匂いとは明らかに雰囲気が異なる香りだ。

「んーっ、これが一番ぐっとくるかも……」

沙羅は熱い吐息を洩らすと、勇介の首筋に鼻先を軽く押し当ててきた。勇介の耳元に、すんすんと鼻を鳴らす音が聞こえてくる。

「はあ、閉めきりのせいか暑くないですか？」

そう言うと、沙羅は羽織っていた白衣から両の袖を引き抜いた。白衣の下は看護師が身に着けるような落ち着いたピンク色の制服姿だ。足もとにはストッキングと白いサンダルを履いているので、まるで本物の看護師みたいだ。

「試作品だからって、ちょっと濃度をあげすぎちゃったみたい……」

まるでひとり言のように呟いた沙羅の瞳は、どことなくとろみを帯びているように見える。いつもは小リスなどを連想させる、くりくりとよく動く瞳とはまるで違っている。

「どうしたの？　香水の匂いがきつすぎて、気分が悪くなっちゃったのかな？」

勇介は気遣うように声をかけた。

「ううん、そうじゃないんですけれど……。匂いを嗅いでいるうちに、なんだかふらふらしてきちゃって……」

沙羅は小さく頭を振ると、勇介の身体にもたれかかってきた。酒を飲んでいるわけでもないのに、まるで酩酊《めいてい》しているような感じだ。

会議室の中では事前に自動販売機で購入していたペットボトルに入ったお茶は口にしているが、アルコールの類《たぐい》はいっさい口にはしていない。

「だっ、大丈夫？」

「うーんっ、あまり大丈夫じゃないかも……。なんだか身体が火照っちゃってるんですよ……」

「熱でもあるんじゃない。結構根《こん》を詰めるタイプなんじゃないかな。あんまり無理をしちゃダメだよ」

「いえっ、無理とか、そういうのじゃないんですよぅ……」

勇介の胸元にしなだれかかりながら、沙羅は切なげな吐息を洩らした。眉毛の少し下の辺りで切り揃えた前髪が、じわりと滲み出した汗によってわずかに額に張りついている。

「なんだか香水の匂いにアテられちゃったみたいです……」

沙羅は甘えるように勇介に肢体を預けてくる。密着すればするほどに、華奢な身体つきをしているのを実感してしまう。

「はぁ、なんだか暑くないですか?」

沙羅は首元まで引きあげた制服のファスナーに指先をかけると、胸の谷間が見え隠れする辺りまで引きおろした。まるで扇子で風を送るみたいに、右手をひらひらとさせて胸元を扇《あお》いでいる。

見てはいけないと思っても、ついつい視線が吸い寄せられてしまう。ほっそりとした首筋のすぐ下には、骨のか細さがうかがわれる鎖骨がくっきりと浮かびあがっていた。

それなのに、左右にはだけたファスナーの隙間からは、女らしいふくらみの裾野が垣間見える。制服の袖口や裾からのぞく手足は成長しきらない少女のように細いのに、胸元にはお椀《わん》を伏せたようなふくらみがのぞいている。

第三者がいる場でならばまだしも、ここはふたりしかいない会議室だ。ふつふつと湧きあがってくる好奇心を押しとどめることなど不可能に決まっていた。

「あーん、なんだかヘンな気持ちになっちゃってますっ……」

足元が危うくなっている沙羅は、樹木に止まるセミのように勇介の体躯にしがみついてきた。勇介の視界に黒髪を束ねた沙羅の白い首筋が飛び込んでくる。

体温が上昇したからだろうか。沙羅の首筋から甘みのある香りがふわりと立ち昇ってくる。その香りは彩乃がつけていた香水の香りに似ているが、若干ライトな感じに思えた。

彩乃が言っていたが、大ヒットした男性受けする香水には濃度やアレンジなどを変え数種類が発売されているらしい。沙羅がつけているのも、おそらくはそのシリーズのものだろう。

勇介も甘い蜜に誘われる蝶のように、胸元に顔を埋める沙羅の首筋に鼻先を寄せた。互いの身体から漂う匂いを感じあうほどに、華奢な身体に回した腕に力がこもるみたいだ。

「ああんっ、こんな……恥ずかしいのに……身体から力が抜けてくるっ……」

沙羅は肢体をくねらせると、躊躇《ためら》いがちに上目遣いで勇介の顔を見あげた。パールベージュのアイシャドウで彩られたまぶたは、愛らしい口元を彩る珊瑚のようなピンク色に色づいている。

彼女の言葉には嘘はないようだ。サンダルを履いた細い足元は心細げにふらついていた。その姿はマタタビを与えられた猫科の動物が、前後不覚になっているさまを連想させる。

「ねえ、わたしって魅力ありませんか？」

唐突に沙羅が囁く。

「いっ、いやっ、そんなことないよ。十分に魅力的だと思うよ」

「だったら……」

「だったら？」

沙羅の頬がますます羞恥に染まっていく。それだけではない。首筋や制服の合わせ目からのぞく胸元までほんのりと紅潮している。

「あの、キスをしてみてください……なんだかそうしたい気持ちになってしまうんです」

わずかに視線を逸らしながら、沙羅は消え入りそうな声で囁いた。

「えっ、キスって？」

勇介は息を飲むと、沙羅の唇から飛び出した単語を繰り返した。ちゅんとした可憐な唇は、口にしてしまった言葉に戸惑うようにかすかに震えている。

勇介は大きく瞳を見開いた。艶やかな唇にキスをしたくないはずがない。しかし、ここが会議室だと思うと躊躇いを覚えてしまうのも事実だ。

「キスしたくありませんか？　なんだか自信がなくなっちゃいますっ……」

沙羅は上目遣いで目を瞬《またた》かせた。かすかに開いた口元から切なげな声が洩れる。

「いや、だってここは会議室だから……」

勇介は言い訳にもならない言葉を口にした。

「会議室だから？　誰も入ってこられなければ大丈夫ですか……？」

沙羅は勇介の胸元から名残り惜しそうに離れると、ふらつく足取りで会議室のドアに向かうとガチャリと内鍵をかけた。

これで、会議室は完全に密閉された空間になる。沙羅がゆっくりと振り返る。そのさまが勇介にはスローモーションのように見えた。

「これならばいいでしょう。ねえ、キスしてください……。なんだか身体がカアーッと熱くなっちゃって、キスをされたくて、たまらなくなってくるんです」

よろけるように勇介の胸元に飛び込むと、沙羅はせがむようにまぶたを伏せた。大胆なおねだりをしたかと思えば、まぶたは心細さを表すようにふるふると震えている。マスカラさえつけていない、長いまつ毛は半円の綺麗なカールを描いていた。

同年代の女にここまでされて拒める男がいるだろうか。勇介は上半身を前かがみにすると、顎先を突き出した沙羅の口元へと唇をゆっくりと近づけた。

ぷにゅっ……。まるで繭玉同士が触れ合うようなソフトなタッチで唇が重なる。

「あぁっ……あーんっ……」

沙羅の唇から喉の奥に詰まったような甘ったるい声が洩れる。重なり合った唇の隙間から舌を挿し入れてきたのは沙羅のほうだった。

上唇や下唇の内側を遠慮がちに、ちろりちろりと舐め回すような控えめな感じのキス。いきなり舌先同士を巻きつけてきたりはしないところが、普段は控えめな雰囲気が漂う沙羅らしい。

ぢゅる、ちゅっ……。

沙羅の首筋から香る牡の本能をくすぐるような匂いに、勇介の理性もずるずると引きずられるみたいだ。

勇介は舌先を挿し入れると、柔らかい舌先を捉まえた。にゅぷりと音を立てて絡みつかせ、恥じらう女心に揺さぶりをかけるみたいにずずっと力をこめてしゃぶりあげる。

「ああんっ、もうっ、立っていられなくなっちゃうっ……」

沙羅の唇から狂おしげな声がこぼれた。

「そんなふうにされたら、余計に身体が火照って……あーん、身体が燃えそうですっ……」

懊悩の声を洩らしながら、沙羅は胸元がはだけた肢体を揺さぶった。透明のピンク色のマニキュアを塗った爪はまるで桜貝のようだ。

彼女の指先が胸元のファスナーへと再び伸びる。胸の谷間がようやっと見える辺りで留まっていたファスナーをウエストの下の辺りまで少しずつ押しさげていく。

制服の胸元からは純白のブラジャーがのぞいた。艶感のあるサテン生地で、胸の谷間にリボンがあしらわれたシンプルなデザインのものだ。インナーシャツやスリップの類は着けてはいない。

「はっ、恥ずかしいのに、恥ずかしくてたまらないのに……。でも、身体がおかしくなってるんですっ……」

シミひとつない沙羅の頬は、赤みの強いチークを塗ったような色に染まっている。

それが揺れ惑う彼女の内面を如実に表しているみたいだ。

彼女が細い肩先を左右にくねらせると、ピンク色の制服が心もとなげに少しずつすべり落ちていく。きゅんとくびれたウエストの辺りまでずれさがると、羽音を立てるように床の上に舞い落ちた。

ワンピーススタイルの制服を失った肢体を包んでいるのは、純白のブラジャーとお揃いのショーツ、やや白みがかったストッキングとサンダルだけになる。

「ああん、見ないで……恥ずかしいわ……」

沙羅は露わになった胸元を両腕で隠そうとした。二の腕などは強く握り締めたら折れてしまうのではないかと思うほどに細いのに、ブラジャーに覆い隠されたふくらみは女らしい曲線を描いている。

「わたしだけ……こんな格好だなんて……」

自らの指先で制服を脱ぎ捨てたというのに、沙羅は拗ねるような視線を送ってくる。

「あーん、香取くんは……？」

意味深な言葉を洩らすと、沙羅は勇介の身体に抱きついてきた。勇介の首筋に鼻先を近づけ、複雑に入り混じって香水の匂いを乳房が波打つほどに深々と吸い込んでいる。

「ああん、どんどんエッチな気分になっちゃうっ。わたしったら……いったい、どうしちゃったの……」

自問自答するような言葉を口にしながら、沙羅は勇介の体躯に指先を伸ばしてきた。短めに切り揃えた爪の先が、白いインナーシャツの中身をさわさわとまさぐる。

その指使いはいかにも不慣れな感じだ。男の身体に慣れた女ならば、すぐさまに男の乳首などを探り当てるだろう。

まるでどこが感じるのかを模索するような指使い。それがとても新鮮に思える。無意識の内に喉仏が上下に蠢く。勇介はインナーシャツの裾を摑むと、それをずるりと首から引き抜いた。

これで勇介も制服のズボンとソックス、サンダルしか着けていない格好になる。

「なんだか香取くんの格好、すっごくエッチだわ」

「こんなときに香取くんっていうのはピンとこないよ。勇介でいいよ。僕も沙羅ちゃんって呼んでいいかな？」

上半身裸になった勇介は、やや前かがみになると沙羅の耳元に唇を寄せて囁いた。

首筋から漂う魅惑的な香りに、制服のズボンに覆い隠された屹立がぴゅくんと蠢く。

「はあん、勇介くん……」

うわずった声で名前を呼ぶと、沙羅は剝き出しになった男の上半身に頰を寄せた。

双乳のふくらみを見せつける女とは違う薄い胸板に頬ずりをしながら、色素がほとんど沈着していない男の小さな乳首に恐る恐るという感じで指先を伸ばしてくる。

普段は意識しないとはいえ、異性の舌先や指先で刺激されれば否が応にも乳輪が硬くなり、すっぽりと埋もれていた乳首が徐々にしこり立ってくる。

「あーんっ、硬くなってきたぁっ」

沙羅は驚きを含んだ声をあげた。

「そりゃあ、男だっていじられれば乳首が硬くなるよ。沙羅ちゃんだって、そうじゃないのかな」

言うなり、勇介は彼女の胸元に両手を伸ばした。乳房の大きさを確かめるように、両手でそっと包み込む。つるつるとしたサテンの生地が指先に心地よい。

品のいいシンプルなデザインのブラジャーに包まれたふくらみは、いきなり荒々しく揉みしだくのは躊躇われる。その柔らかさと弾力を確かめるように、指先をソフトに食い込ませる。

「ああっ……そんなふうにされたら……かっ、感じちゃううっ……」

沙羅は喉元を反らすと、細身《ほそみ》の肢体をくねらせた。指先を食い込ませるうちに、少しずつブラジャーの中身が硬さを変化させていく。

乳房全体がわずかに硬さを増すだけではなく、ブラジャーのカップの頂きの辺りに収まっている愛らしい果実が、にゅんと飛び出してくるのがわかる。

「あっ、だめっ、膝から力が抜けてっ……。腰が砕けちゃうっ……」

沙羅は悩ましい声を迸らせた。勇介はブラジャーのカップの縁に指先をかけると、それを少々手荒に引きずりおろした。

寒桜の花の色を連想させる白い素肌に相応しい、薄紅色の乳輪と乳首がこぼれ落ちてくる。

乳輪や乳首は大きさだけでなく色合いも控えめで、恋さえ知らぬ乙女のような無垢っぽさを感じさせた。

たまらず、勇介は未完熟のラズベリーのような果実にむしゃぶりついた。歯を立てないように、舌先で丹念《たんねん》に舐め回す。

「ああんっ、こんなの……こんなの……はあっ、恥ずかしすぎるぅっ……」

ブラジャーからこぼれ落ちた乳房を揺さぶりながら、沙羅は惑乱の声を洩らした。

しかし、勇介は果実に執念ぶかく舌先をまとわりつかせ続ける。

「こんな……恥ずかしいのに……恥ずかしいのに……かっ、感じちゃうっ……身体がどんどん敏感になっちゃうっ……ああんっ……」

沙羅は背筋をしならせながら、感極まった声をあげた。勇介の乳首を愛撫していた右手の指先から力が抜け、するりとすべり落ちる。

しかし、次の瞬間沙羅の右手はズボンに包まれている牡の象徴《シンボル》目がけて駆けあがった。勇介のペニスは、すでに十分すぎるほどの情熱を漲らせている。

「あんっ、勇介くんの……こんなになっちゃってるっ……」

沙羅の指先はズボン越しにペニスに触れた後、驚いたように固まった。ぼかした物言いが、いかにも彼女らしい。理系でおとなしい感じの彼女にとっては、男性器の俗称など口にしたこともないのだろう。

そう思うと、ますます劣情が込みあげてくる。こうなった経緯などはもはやどうでもよくなっていた。

成り行きとはいえ勇介だけではなく、普段は白衣が似合う楚々とした沙羅が興奮している。それも最初に誘惑をしてきたのは沙羅のほうなのだ。

「不思議だわ、男の人のって……。こんなに硬くなるなんて……」

沙羅は躊躇いがちにペニスを指先でなぞりあげる。繊細さを感じさせる指使いに、肉柱がひゅくんと反応してしまう。

「もっとちゃんと触ってよ。いっぱい触られたくてチ×コがびっくん、びっくんいってるんだよ」

勇介はわざとストレートすぎるリクエストを口にした。

「はぁ、そんな言いかた、エッチすぎるわ……」

沙羅は露わになった美乳を喘がせながら、口元を戦慄かせた。左右の乳房が剝き出しになっているのに、いまだにブラジャーは着けたままだ。それがいかがわしさをいっそう盛りあげている。

「触られたいって……。どんなふうにすればいいの？」

沙羅が問いかけてくる。淫らな好奇心に駆り立てられているのは勇介だけではない。第一、この部屋の鍵をかけたのは沙羅だ。

「どんなふうにって、沙羅ちゃんがしたいようにしてくれればいいんだよ。そうしてくれたら、僕だって沙羅ちゃんが感じるように精いっぱい頑張るよ」

勇介は淫らな駆け引きに出た。美味しそうな餌を撒《ま》かなければ、どんな魚だって喰らいつきはしないはずだ。

勇介はそれほど経験が豊富というわけではなかった。しかし、先日の彩乃との一夜が、多少なりとも男としての自信を与えてくれる。

沙羅は身体がふらついている。きちんと身体を支えられる状態にしなければ、不測の事態に備えられないかも知れない。

勇介は沙羅の肢体を抱き寄せると、指先の感覚を研ぎ澄ましてブラジャーの後ろホックを外し、それをむしり取った。

ブラジャーのアンダーバーでかろうじて支えられていた、こんもりとした稜線を見せる乳房が完全に自由になる。重力に負けない形のいい美乳が息遣いに合わせて、かすかに弾む。

勇介は細い肢体をかき抱くと、会議室の壁ぎわに置かれたパイプ椅子に座らせた。パイプ椅子はキャスターがついておらず、かなりがっちりとした造りになっている。

椅子に腰をおろした沙羅の前で仁王立ちになると、制服のズボンに手をかけてそれを膝の辺りまで一気にずりおろした。下腹部を覆い隠すトランクスのフロント部分が不自然なほどに張りつめている。

「あっ……」

沙羅は半開きの唇から小さな声をあげ、トランクスに熱っぽい眼差しを注いだ。

「沙羅ちゃんを見ていたら、こんなふうになっちゃったよ」

勇介は照れくささを隠すように、わざと明るい口調で囁くとトランクスに包まれた下半身を揺さぶってみせた。

お飾りみたいについているトランクスの前ボタンはいまにも外れ、布地を押しあげている中身が飛び出しそうだ。

「なんだかすっごくエッチな感じだわ」

「そうだよ、エッチだよ。いろんなことを想像しただけで、こんなに硬くなっちゃったんだ」

トランクスの前合わせに沙羅の視線を感じるほどに、ペニスに劣情が流れ込んでいくみたいだ。

「こんなふうになっちゃうなんて、男の人の身体って本当に不思議だわ」

沙羅は好奇心に衝《つ》き動かされるように、右手を伸ばすとトランクスの前合わせをそっとなぞりあげた。

「んっ……」

直《じか》に触られるのとはまったく感覚が違う布地越しの愛撫。桜貝のような爪の先がトランクスを撫でているのを見るだけで、尿道の中を淫らな感情が駆けあがってくる。

にゅるんと音を立てるように、トランクスの生地に粘り気が多い牡汁が滲み出してくる。小さな点のような濡れジミは、あっという間にじわりじわりと広がっていった。

沙羅の指先が卑猥なシミの上をゆるゆると舞い踊る。まるでリンクの上で優美な曲線を描くようにすべるフィギュアスケーターみたいな動きかただ。

「ああっ、気持ちがいいよ、沙羅ちゃんっ……」

勇介はうわずった声を洩らした。

「あーんっ、男の人もエッチなオツユを出すのね。見ているだけで感じちゃうっ」

沙羅も半開きの唇から悩ましい喘ぎを吐き洩らした。その瞳には妖しげな輝きが揺らめいている。

「どんなふうになっているのか……見てみたい……」

恥じらいを口にしながらも、沙羅の視線は下腹部から離れようとはしない。

勇介はトランクスの前合わせボタンへと右手を伸ばすと、張りつめている布地を宥めるように押さえつけながらボタンを外した。

前合わせがはだけても、下腹を目指すようにぐんっと鎌首《かまくび》をもたげているペニスは飛び出してはこない。

トランクスの前合わせに指先を潜り込ませると、勇介はぎちぎちに硬くなっている肉茎をぎゅっと摑み、少し強引な感じで引きずりだした。

「あぁーんっ、すっごくエッチッ……。それにぬるぬるになってるっ」

トランクスの前合わせから、まるで大きなキノコが一本生えているみたいだ。キノコは大きく傘を張りだし、先端部からぬるついた粘液を噴き出している。

たとえて言うならば赤みが強いピンク色の巨大なナメコという感じだ。表皮が張りつめた亀頭は粘液にまみれ、天井からの照明を受けててらてらとぬめ光っている。

「なっ、なんだかすごいっ……。見ていると興奮しちゃうっ」

沙羅の指先がおっかなびっくりという感じで、威きり勃つペニスへと伸びてくる。先走りの液体を噴きこぼす亀頭に触れた瞬間、その指が驚いたように動きを止めた。

「あっ、いっぱい、いっぱい溢れてくるっ……」

沙羅はアーモンドのような弧を描く瞳をいっそう大きく見開いた。

「エッチなお汁がこんなに出てくるなんて……。本当に男の人のアソコって不思議だわ」

沙羅はまるで新しい玩具を与えられた子猫のように、すっかりペニスに魅了されているみたいだ。

その指先は好奇心に駆られるままに鈴口へと伸び、猥褻《わいせつ》な液体を掬《すく》いとるように指先にたっぷりとなすりつけた。粘液に濡れまみれた指先で、濡れ艶を放つ亀頭をイイコイイコをするみたいにゆるゆると撫で回す。

まるでもったいをつけるような指使いがたまらない。勇介はくうっと喉を鳴らした。

敏感なペニスを異性の指先で繊細に愛撫されるのは心地よい。

しかし、可憐な唇やしっとりとした柔らかい舌先で舐め回されたら、もっともっと気持ちがいいに決まっている。

勇介は下腹の辺りから、快感と淫猥極まりない欲望がずるずると這いあがってくるのを感じた。

椅子に座った沙羅はやや前傾姿勢になりながら、トランクスの前合わせからにゅんと突き出したペニスに熱視線をまとわりつかせている。緩やかなタッチで肉柱をこすりあげながら、ときおり勇介の反応をうかがうように上目遣いで見あげてくる。

「ああっ、気持ちがいいよ。もっと気持ちよくなりたいよ」

勇介は腰を前後にかすかに揺さぶった。

「どんなふうにしたら、気持ちがよくなるの……？」

沙羅は分かりきっていることを尋ねた。小鼻をわずかにふくらませた表情から、彼女も昂ぶっているのが伝わってくる。

男を焦らして楽しんでいるというよりも、どうすればいいのか考えあぐねているような表情。初心っぽく見えるだけでなく、本当に初心なのかも知れない。そう考えると、こんな場所で淫らな行為に耽《ふけ》っていることが余計にイケないことに思える。

背徳感にペニスが上下する。まるで亀頭をこくこくと上げ下げして、卑猥なおねだりをしているみたいだ。

「沙羅ちゃんに、沙羅ちゃんに舐められたい……」

ついに勇介は破廉恥すぎる言葉を口にした。

「えっ、そんな……」

沙羅は息を小さく息を飲むと、まつ毛を震わせた。可愛らしい口元に戸惑いの色が広がる。

言葉にしてしまった以上、後には退《ひ》けない。勇介はもどかしげに下半身を揺さぶった。勇介だってけっして遊び慣れているわけではない。どちらかといえば、草食系の勇介にできるせめてものアピールだ。

「勇介くんってエッチなのね……」

沙羅は恥じらいにまぶたをいっそうピンク色に染めると、牡のフェロモンの匂いを撒き散らす亀頭を指先で軽くクリックした。

前傾姿勢になっている肢体をさらに前のめりにすると、ルージュを引いた唇がゆっくりと近づいてくる。かすかに乱れた息遣いがかかるだけで、怒張が嬉しそうにびくんと反応してしまう。

桃色珊瑚のような舌先が躊躇いがちに伸びるさまが、淫らな期待にさらに拍車をかける。勇介は固唾《かたず》を飲んでその瞬間を待ち焦がれた。

にゅるっ。しっとりとした舌先が男の一番敏感な部分に触れる。それだけで、尾てい骨の辺りから甘美感が身体中に広がっていくみたいだ。

沙羅は舌先をちろちろと小さく動かしながら、ときおり勇介の反応をうかがうように視線を投げかけてくる。

「ああ、気持ちいいよ」

勇介は喜悦の声を洩らした。彩乃の舐めしゃぶりかたはまるで女豹が獲物を逃すまいと喰らいつく感じだが、沙羅の口唇愛撫は幼い子が頬張りきれないキャンディーに舌先をまとわりつかせるみたいだ。

拙《つたな》さを感じさせる愛撫が新たな悦びを呼び起こす。勇介はもっととねだるように下半身を突き出した。

「あんっ、すっごくエッチな味がするっ……。舐めていると、身体がどんどん熱くなるみたいっ」

沙羅が感嘆の吐息を洩らす。わずかに舌先を離すと、唾液と牡汁が混ざった銀色っぽい液体がわずかに糸を引いた。

「気持ちいいよ。僕だって身体がじんじんしてるよ」

「本当？」

「本当だよ。気持ちがよくなかったら、感じてなかったらこんなふうに勃起したりしないよ」

勇介は悩ましげに腰を揺さぶってみせた。その腰使いを追いかけるように、沙羅が舌先をまとわりつかせてくる。最初は口元からわずかにのぞいていた粒だった舌先が、少しずつその面積を大きくしている。

それに伴《ともな》い、快感が何倍にも増していくみたいだ。

「ああ、気持ちいいよ。チ×コが蕩けそうだよ」

「そんなエッチな言葉を聞くと、余計に感じちゃうっ」

上目遣いで、勇介の表情をうかがっていた沙羅もしどけなく肢体をくねらせた。これ以上はないというくらいに鋭角で反りかえる男根に舌先を這わせることで、彼女自身も昂ぶっているのが伝わってくる。

「ここを舐められると、男は感じるんだよ」

そう言うと、勇介は自らの指先でペニスを摑み下腹のほうに引き寄せた。こうすることで、彼女からは亀頭の裏側にある肉がきゅっと束になった筋がよく見えるようになる。

「ここが感じるの？」

沙羅の問いに、勇介はこくりと頷《うなず》いた。自慰行為に耽るときも、亀頭から溢れた牡汁をまぶして重点的に刺激するポイントだ。

沙羅は舌先を大きく伸ばすと、下から上へとゆっくりと舐めあげた。ぴったりと吸いつくような舌先の感触と温もりがたまらない。オナニーとは比べ物にならないほどの快感が、ペニスを包み込むみたいだ。

「ああ、いいよ。マジで感じるよ。チ×コがびくびくいってるよ」

勇介は顎先を突き出すと、喉の奥に詰まった喘ぎ声を洩らした。沙羅は伸ばした舌先で、肉の束がぴぃんと張った裏筋をちろちろと刺激する。

いきなりぱくりと肉柱を咥え込んだりしない、やや物足りなくも思える控えめな口唇奉仕がいかにも彼女らしい。

「本当だわ。オチ×チンがひくひくして、いやらしいお汁がいっぱい滲んでくるわ」

勇介の昂ぶりが沙羅にも伝染するのだろう。沙羅はとうとう卑猥な単語を口にした。実験器具を手にしているときの彼女からは、想像もつかないいやらしい言葉だ。

「男の人のオチ×チンを舐めてると……あーんっ、わたしまで感じちゃうっ……」

白いショーツしか着けていない沙羅は、椅子の上で華奢な肢体を切なげに揺さぶった。前のめりになっていることで、双子のように行儀よく並んだ乳房のふくらみが強調されている。

綺麗なお椀形のふくらみの頂上には、熟しきらない淡い色の小さなサクランボがふたつ息づいていた。

沙羅がヒップをくねらせたことで、ショーツの奥底からほんのりと甘酸っぱい匂いが漂ってくる。それは首筋から漂う香水と混ざり合うことで、牡の身体の芯に畳みかけるような挑発的な香りに変化している。

沙羅は額に張りついた前髪を右手でかきあげると、ぬんっと伸ばした舌の先で裏筋を丹念に舐めあげた。上目遣いで見あげる沙羅と視線が重なる。拙《つたな》いながらも懸命に舌先を這わせているのを感じると、みるみる快感が増幅していくみたいだ。

このまま沙羅の舌使いに身を任せたい思いに駆られるが、男としてされるがままに快感を享受するだけでは情けない。勇介は玉袋の裏側の辺りが甘く痺《しび》れるような快美を、頭を左右に振って抑え込んだ。

「今度は僕が感じさせてあげるよ」

そう囁くと、勇介は沙羅の両の手首を掴んで立ちあがらせた。

ここは会議室であってベッドなどの類はない。あるのは頑丈さだけが取り柄の長いテーブルだけだ。複数人が資料を並べて会議をすることができるテーブルは、セミダブルのベッドよりもやや大きそうだ。

勇介はサンダルを脱ぐと、まずは自らテーブルの上にあがった。体重をかけるように身体を前後に揺さぶっても、テーブルはびくともしない。

「大丈夫だから、あがってごらんよ」

勇介は沙羅の手を掴み、テーブルの上に引きずりあげた。

「会議室のテーブルって、こんなふうに使っていいんだったかしら？」

「さあ、どうだろうな。じゃあ、使えるか確かめてみようか」

不安そうな沙羅を抱き寄せると、勇介は唇を重ねた。唇を重ねるだけのキスではなく、唇同士を斜に構えて舌先を挿し入れる、少し荒っぽい感じの口づけだ。

舌先をがっちりと巻きつけて吸いあげると、沙羅は狂おしげに勇介の背中に両手を回した。舌の付け根に軽い痛みを覚えるような扇情的なキスに、背中に回した沙羅の指先に力がこもる。

息苦しさに許してと訴えるように黒髪を揺さぶると、沙羅は熱のこもった唇から逃れた。狂おしげに息を継ぐように、勇介の肩の辺りにしなだれかかる。

「ああっ、また香水の匂いが……。この香りを嗅ぐと、身体がどんどんヘンになっちゃうみたいっ……」

沙羅は鼻にかかった甘え声を洩らすと、勇介の首筋に鼻先を寄せて漂う香水の香りを吸い込んだ。

がっちりとしたテーブルは、ふたりが乗っても軋《きし》んだりすることはなかった。おそらくは頑丈な木製であろうテーブルのひんやりとした感触が、火照った身体に心地よい。

勇介はペニスが剝き出しになっていたトランクスを脱ぎ捨てた。

「今度は僕が感じさせてあげるよ」

沙羅の耳元に唇を寄せ、勇介は囁いた。沙羅の首筋から漂う香りも、また勇介の心身を燃えあがらせるみたいだ。

勇介は沙羅の背中を抱きしめると、ほっそりとした肢体をテーブルの上に仰向けに横たえた。幼い少女がお人形遊びをする人形のように、手足はすらりとしているのに乳房はEカップはある。

華奢な肢体には不釣り合いなふくらみが、乳房の大きさをより強調している。弾力と張りに満ちた乳房は、仰向けになってもほとんど左右に流れない。そうかといって、作り物のような不自然さは微塵もなかった。

「沙羅ちゃんもいい匂いがするよ」

言うなり、勇介は沙羅の肢体に覆い被《かぶ》さった。唇の柔らかさと女らしい甘さを感じる口臭を味わうと、ゆっくりと唇を離し、今度は形のよい耳元に唇を寄せた。

ふうーっと息を吹きかけると、沙羅はくすぐったそうに肩をわずかに上下させる。初々しさを感じさせる反応のひとつひとつが、勇介の男の部分を煽り立てる。

耳たぶをやんわりと噛みながら、そっと舌先を這わせる。ピアスさえ開けていない耳たぶをかぷりと甘噛みすると、沙羅はああんと切ない声を洩らした。

耳の裏側辺りから漂う香りが、鼻腔にそっと忍び込んでくる。不思議なことだが、その匂いを嗅ぐだけで、剝き出しになった牡柱がびくんと反応してしまう。

彩乃は男受けする香水だと言っていたが、男受けというよりも牡の身体を昂ぶらせる香りのように思えた。

勇介は沙羅の柔らかい頬に頬ずりをしながら、魅惑的な香りを放つ首筋に鼻先を寄せ、その匂いをたっぷりと吸い込んだ。吸い込めば吸い込むほどに、淫らな感情が衝きあげてくるみたいだ。

舌先を伸ばすと、白鳥の首のような優雅さをたたえた首筋につぅーと舌先を這わせる。沙羅は最初はぬるりとした舌先の感触に驚いたように肩先を上下させていたが、次第に艶を孕んだ声を洩らしはじめた。

わずかに反らした喉元が色っぽい。勇介はちゅっ、ちゅっと軽い湿った音を立てながら、唇を少しずつ首筋から鎖骨の辺りへと舌先を移動させていった。

「ああん、そんなふうにされたら……」

「されたら？」

「エッ、エッチな声が出ちゃうっ……」

沙羅は顎先を突き出すと、声を震わせた。

「大丈夫だよ。会議室の鍵をかけたのは沙羅ちゃんだろう」

「でっ、でも……」

「今日は金曜日だよ。ただでさえ残業にはうるさいんだ。僕たち以外には誰も残ってやしないよ」

勇介は沙羅の耳元に唇を寄せて囁いた。手のひらからわずかにはみ出す左の乳房を掌中に収めると、指先をやんわりと食い込ませる。

「あっ、ああっ……。だめっ……そんなふうにしたら感じちゃうっ。もっといやらしくなるぅっ……」

「大丈夫だよ。鍵だってかかってるんだしさ」

そう囁くと、勇介は親指と人差し指の先で、小指の先にも満たない可愛らしい乳首を転がした。指先の弄いに呼応するように小ぶりな乳首はいっそう硬くなり、にゅんと突き出してくる。

「ああんっ、おっぱいが感じちゃうっ……」

沙羅は駄々っ子のように身体を左右に揺さぶった。Eカップの乳房が左右に揺れるさまは、まるで愛撫をねだっているみたいだ。

勇介は舌先を伸ばすと、右の乳首をでろりと舐めあげた。はあっと沙羅の声が甲高くなる。すかさず、勇介はしこり立った乳首にむしゃぶりついた。歯を立てたりはせずに、舌先だけを使い乳房の頂きに丹念に舌先をまとわりつかせる。

左の乳房は右手の指先をやわやわと食い込ませて、じっくりと揉みしだく。左右で種類が違う愛撫に、沙羅は喉を絞って身悶えるばかりだ。

「ああん、ヘンになっちゃうっ、おかしくなっちゃうーっ……」

沙羅はあからさまになった上半身をくねらせた。サテン生地のショーツに包まれた下腹部が、息遣いに合わせて波立っている。恥じらうように膝頭をすり合わせた太腿がなんともエロティックだ。

勇介は左手でストッキングに包まれた下半身をさわさわと撫で回した。つるつるとしたサポートタイプのストッキング越しに触れた太腿は、想像していた以上にほっそりとしていた。

しかし、ほっそりとしていながらも男とは明らかに肉質が違い、指先を押し返すようなしなやかさがある。まさぐっていると薄い布越しではなく、直にその肌に触れたくてたまらなくなってしまう。

勇介はストッキングの上縁に指先をかけると、下半身をすっぽりと包み込む薄衣をゆっくりと引きずりおろした。沙羅はんんっと小さく喉を鳴らしながらも、されるがままになっている。

まるで、全身に力が入らなくなっているみたいだ。ストッキングを剝《は》ぎ取られた沙羅は、とうとう純白のショーツ一枚という姿になった。彼女は交差させた両腕で乳房を隠しながら、キメの細かい太腿をすり合わせている。

「僕は素っ裸なんだよ。沙羅ちゃんだけパンティーを穿《は》いていたら不公平だよ」

勇介は当然の権利とでもいうように主張すると、沙羅のショーツの両サイドを摑み、それをゆっくりと引きおろしていく。ショーツの船底の部分はじわりと湿り気を帯び、甘酸っぱい牝の匂いを放っていた。

無駄な肉がついていない女丘は縮れた毛で覆われていた。柔らかそうな恥毛は密度が濃くなく、色白の地肌がうっすらと透けて見える。

「はっ、恥ずかしいっ……」

沙羅は消え入りそうな声を洩らした。全身を縮めているために、小柄な肢体がますます小さく見える。

勇介は沙羅の身体に覆い被さると、高価なアンティークドールを扱うように優しくその肢体をまさぐった。体重をかけないようにして、乳房にむしゃぶりつくと舌先でちゅぷちゅぷと音を立てながら吸いしゃぶる。

さらに右手を太腿の隙間に挿し入れると、柔らかな内腿をさわさわと撫でさする。

「あっ、あぁんっ……こんな……」

沙羅の喘ぎが甘さを増していくにしたがい、下半身から少しずつ力が抜け落ちていく。勇介の右手が太腿の付け根を目指して這いあがっていく。沙羅は恥じらうように、小ぶりだが形のいいヒップをテーブルの上でくねらせた。

「大丈夫だよ。力を抜いて」

そう言うと、勇介は沙羅の右手を逞しさを漲らせた屹立へと導いた。

「ほら、僕のも硬くなってるだろう。僕だって、こんなに興奮してるんだよ」

「ああーんっ、勇介くんのもこんなに……」

うわずった声を洩らすと、沙羅は若々しさを滾らせた牡柱にそっと指先を食い込ませた。

勇介は内腿をやわやわと撫で回しながら、少しずつ秘密めいた部分へと指先を近づけていった。

指先が生温かい切れ込みに触れる。その途端《とたん》、ぴっちりと閉じ合わせていた繊細な肉の花びらが左右に開き、とろりとした牝蜜が指先目がけて滴《したた》り落ちてきた。どうやら花びらで堰《せ》き止められていた蜜が一気に溢れ出したようだ。

「あっ、やだっ、はっ、恥ずかしいっ……あっ、溢れてきちゃうっ……」

秘唇から濃厚な潤みが滲み出す感触に、沙羅は悩乱の声を迸らせた。男の指先に唆されるようにじゅくじゅくと分泌される蜜液を抑《おさ》えるため、両足を閉じ合わせようとする。

しかし、それは無駄な抵抗でしかなかった。勇介はか細い足首を摑むと、それを高々と抱えあげた。普段は二枚重ねのクロッチで厳重に覆い隠されている、女の縦割れがあからさまになる。

「あっ、ああっ……ひあっ……」

悲鳴めいた沙羅の声が裏返る。露わになった蜜裂を勇介がでろりと舐めあげたからだ。もがこうとした両の足首は勇介によって、がっちりと摑まれている。

薄めの縮れ毛が生い茂る女丘の真下には、秘めた花園が隠れていた。太腿の付け根の辺りを境に、若干質感や色合いが異なっている。

大淫唇はややふっくらとした印象で、恥毛がちらほらと生えている。太腿と比べると、ほんの少しだけ色素が濃い感じだ。大淫唇の隙間からはひらひらとした二枚の薄い花びらが垣間見える。

勇介は大淫唇を両手の指先を使い、左右に寛《くつろ》げた。ピンク色の花びらの内側は肉の色が鮮烈だった。特に蜜壺の入り口に近い部分は、ピンク色というよりも熟しきったネクタリンのように赤みが強い。

甘みの強いフェロモンの香りに誘われるように、勇介は女淫に舌先をべったりと押し当てるみたいにして舐めあげた。

「んんっ、ああんっ、恥ずかしいのにっ……恥ずかしくてたまらないのに……こっ、声が出ちゃうーっ……エッチな声が出ちゃうっ……」

沙羅は両手で乳房を押さえると、肢体をなよやかに揺さぶった。

とろっ、とろりっ……。勇介の舌先が蠢くたびに、花びらのあわいからは潤みの強い愛液が次々と溢れ出してくる。

ぢゅるっ、ぢゅちゅっ……。

勇介はわざと派手な音を立てて甘露《かんろ》をすすりあげた。わずかな酸味を感じる愛液はほんのり甘く、まるで蜜のようだ。舌先に蜜をまぶしながら、花びらの頂点にちょんと息づく花蕾を軽やかに刺激すると、沙羅のヒップがテーブルからわずかに浮かびあがる。

「はあっ、そんな……恥ずかしいっ。恥ずかしいのに……感じちゃうっ。お股がじんじんして……ヘンに……ヘンになっちゃうっ……」

沙羅の内腿に力がこもるのを感じる。勇介は彼女の両足を肩に載せると、匍匐《ほふく》前進のような姿勢を取った。左右の太腿の間に顔を埋めて、下から上へ、上から下へと、でろでろと舌先を動かし続ける。

特に花蕾に狙いを定めて下から上へと剝きあげるようにすると、沙羅の呼吸が激しくなる。彼女はきゅっとまぶたを閉じて、身体の内側から広がる悦びを甘受しているみたいだ。

舌先での愛撫を続けていると、最初は薄皮にすっぽりと包まれていた淫核が少しずつ顔をのぞかせはじめた。最初は花びらの頂点に埋もれていた肉蕾はいつの間にか、小豆《あずき》くらいの大きさにふくれあがっていた。

「ああっ、もう……もうっ……感じすぎて、感じすぎておかしくなっちゃうっ……あぁっ、身体の奥が熱くなって……奥からなにかがくるっ、ああんっ、かっ、身体が弾けちゃいそうっ……」

沙羅は切れ切れの声で訴える。彼女の反応を見ても一番感じる部分はクリトリスのようだ。勇介は淫核を覆っている薄皮に指先をかけると、それをずるりと剝いた。覆い隠すものを失った無防備な淫核に狙いを定めて、舌先で軽快にクリックを繰り返す。

「ひあっ、なっ、なんか……なんかヘンよ。あっ、奥から奥から溢れてくる。ああんっ、くっ、くるぅ……はあっ、イッ……イクうーっ！」

刹那《せつな》の声が迸った瞬間、テーブルの上で沙羅の肢体が大きく跳ねあがった。ヒップを中心にしてV字形を描くように肢体をがくっ、がくっと不規則に戦慄かせる。身体の震えが止まりかけたかと思うと、その身体を再び、三度痙攣《けいれん》が襲う。

沙羅はまぶたをぎゅっと閉じて、身体を包み込む絶頂の波に身を委《ゆだ》ねている。男の快感はあっという間だが、女の絶頂は男とは違い断続的に続くようだ。

「ああっ……こんなの……」

ようやくうっすらとまぶたを開けた沙羅はまだ放心状態のようだ。

「大丈夫？」

顔をのぞき込むと、沙羅は口づけをせがむように唇を突き出してみせた。そんな仕草が可愛らしく思える。勇介は沙羅の身体に馬乗りになると、ねちっこい感じのキスをした。舌先を絡みつかせるキスに反応するように、沙羅が背中に手を回してくる。

勇介はそれが合図だと思った。いまだに快感の波の中を漂っている沙羅の太腿を裏側から支え持つと、ゆっくりと挑みかかっていく。

にゅっ、にゅぢゅっ。

牝蜜と唾液まみれの蜜唇と亀頭が触れた瞬間、脳幹に響くような淫猥な音があがる。わずかに腰を前に押し出すようにするだけで、蕩けきった女花が牡の逞しさを漲らせた男根を迎え入れる。

「あっ、はっ、入ってくるっ……」

沙羅は勇介の身体にしがみついた。それはまるで逃がさないと言っているようにも見える。

ずぶりずぶりと埋め込んでいくと、肉柱にあたたかく肉襞をさざめかせた膣壁が絡みついてくる。

「うわっ、あったかくて……ぐぢゅぐちゅしてる。きっ、気持ちいいっ……」

たまらず勇介も歓喜の声を迸らせた。絶頂の余韻が残る蜜壺が、深々と突き刺さる男根を嬉しそうに締めつけてくる。

「うあっ、あんまり締めつけたら……」

勇介が吼える。

「だっ、だって……ああんっ、まだ身体がヘンなの……はあっ、アソコがじんじんしてるの」

沙羅は胸元を喘がせながら、掠れた声を洩らした。不規則に乱れる呼吸に合わせるように、ヴァギナがペニスをきゅんきゅんと甘やかに締めあげる。

「そんなにぎゅんって締めつけたら我慢できなくなるっ」

勇介は淫嚢の裏側が甘く疼くのを覚えた。肛門にぎゅっと力を入れていなければ、いまにも暴発してしまいそうだ。奥歯をきりりと嚙み締めて、勇介は込みあげてくる快感を強引に抑え込んだ。

「僕だって我慢がきかなくなりそうだ。はあっ、一気に、思いっきり発射《だ》してもいいかな……」

沙羅の女壺に埋め込んだまま、勇介は前のめりになるように腰を振り動かした。抜き差しをしているだけでも、絶頂の予感はひたひたと近づいてくる。

もっともっと深く、深い場所で繋がりたい……。

勇介は下腹にぐっと力をこめて両足を踏ん張った。両手で支え持っていた太腿をさらに高々と持ちあげると、それを両肩に載せた。

これにより正常位から屈曲位に変わる。Ｅカップの乳房は、沙羅の太腿によって押し潰されたようにひしゃげた形になる。それが妙に男心をそそる。

「んんんっ、思いっきりいくよっ」

まるで自分を鼓舞するように勇介は言い放った。全体重をかけるように、沙羅の一番深い部分へと亀頭を撃ち込んでいく。

「あっ、ああっ……すっ、すごいっ……こんな、こんな奥まで……あーんっ、こっ、壊れちゃうっ……」

沙羅は狂おしげに頭を左右に揺さぶった。後頭部で束ねた黒髪が乱れ、頬や首筋に張りついている。

「すっげえ、オマ×コが絡みついてくる。もっ、もう我慢できないっ」

勇介は体重をかけて腰を振りながら、宙を仰ぎ見た。沙羅の深淵で待ち受けるクチバシのような子宮口に亀頭ががつんとぶつかるのがわかる。

「もうっ、もうダメだっ……で、射精《で》そうだっ。我慢できない、ぐうっ、でっ、射精《で》るっ！」

言うが早いか、沙羅の子宮口とキスをするくらいに深々と埋め込んだ牡銃の先端から熱い銃弾が発射された。一発ではない。目にも止まらないような連続発射だ。

ドッ、ドクッ、ドビュビュッ……。

尿道口を噴きあがる樹液の熱さに、沙羅の唇から、

「あっ、オチ×チンがびくびくして……あったかいのが……射精《で》てるっ。はあっ、いっ、いっぱい射精《で》てるぅっ。ああん、またヘンになるっ。また……イッ、イッちゃうーっ！」

勇介の情熱に引きずられるように、沙羅も再び肢体を戦慄させた。最後の一滴まで撃ち込むと、勇介は沙羅の肢体の上に倒れ込んだ。


どれくらい経っただろうか。勇介は額に滲んだ汗を指先で拭った。隣に横たわる沙羅の顔をのぞき込むと、乱れた黒髪をそっとかきあげてやる。

「あっ、あの……」

沙羅は反射的に視線を逸らした。頬や胸元はまだうっすらと紅潮したままだ。

「ごっ、ごめんなさいっ……。こんなことになっちゃって……」

そう言うと、沙羅は露わになっていた胸元を両手で隠すと、テーブルから降りた。

その足元はまだ少しふらついている。

彼女は散乱していた衣服をまとめると、忙しなくそれを身にまとった。余韻に耽っていた勇介には、沙羅の態度は先ほどまでとはまるで別人のように思えた。

「ごめんなさい。わたし……こんなつもりじゃなくて……本当にごめんなさい……」

制服のフロントファスナーを引きあげた彼女は白衣に袖も通さないまま、勇介に向かって頭を垂《た》れた。乱れた黒髪を整えることすら忘れているようだ。

急変した態度に呆気に取られている勇介を置き去りにするように、沙羅は胸元に白衣を抱え会議室から出ていってしまった。

第三章　巨乳美容部員の淫ら素顔

沙羅と関係を持った日から半月が過ぎていた。同じ部署とはいえ、沙羅は普段はガラスで仕切られた実験室の中にいるので、事務室で入力作業などをしている勇介と直《じか》に顔を合わせたり、会話をする機会は少ない。

たまたま実験室にいる沙羅と目が合ったときのことだった、彼女は視線が重なるなり、気まずそうに視線を逸らしてしまった。

また出社や退社のタイミング、昼休みのときなどは顔を合わせる少ない機会だ。しかし、それさえもさりげなく時間をずらしているかのように感じられる。

ある日の昼休みなどは食堂に行く沙羅の後ろ姿を見かけたので声をかけようとした瞬間、彼女はなにかを思い出したかのようにいきなり小走りで実験室に戻ってしまった。偶然かも知れないが、偶然も重なればそれは必然のように思えてしまう。

数少ない同期入社の社員だというのに話をするどころか、まともに顔を合わせるこことをままならない。避けるような態度を取られれば取られるほど、余計に沙羅のことが気にかかってしかたがない。

僕がなにか悪いことをしたっていうのか。あんなふうに誘われたら、男だったら誰だってああいうふうにするに決まってる。それとも、女になんか興味がないってクールな態度を取ったほうがよかったのか……。

実験室で実験器具を手にする沙羅の姿を見るたびに、そんな疑問が次々と湧きあがってくる。勇介が強気なタイプの男であれば、出社時であれ退社時であれ彼女を待ち伏せしてでも問いただすこともできるだろう。

しかし、悲しいかな。勇介はその場の雰囲気に流されやすい草食系男子なのだ。勇介にできるのは、偶然が重なって彼女とふたりっきりになれるタイミングを待つことだけだった。

悶々とした日々を送っていた勇介の元に、彩乃からの社内メールが届いた。

〈あなたにしか頼めない重要な仕事があるから、午後三時に一号棟の第五会議室に来てくれるかしら〉

来てくれるかしらと囁く彩乃の声が、頭の中で再生されるみたいだ。あなたにしか頼めないと言いながらも、具体的な内容については一言も記されていない意味深なメールに鳩尾《みぞおち》の辺りが甘く疼いた。

あの夜、彩乃が言っていた研修の延長戦のような仕事ということだろうか。

脳裏に彩乃との濃厚な一夜が鮮やかに蘇ってくる。三十代の人妻の肢体の曲線とむっちりとした手触りを思い出すだけで、社内だというのに下半身が勝手に反応してしまう。

だっ、だめだって。落ち着け、落ち着け、冷静になれって……。

勇介は逸る下半身を宥めるように、画面に熱い視線を注ぎながら深呼吸を繰り返した。

指定された通りの時間よりも少し早めに、勇介は別棟にある第五会議室に向かった。社内なので、紺色の制服の上に白衣を羽織った姿のままだ。

ドアの前で乱れそうになる呼吸を整えると、ドアをノックする。それを待ち構えていたようにドアの向こうから、

「どうぞ、入ってきて」

という声が声が返ってきた。耳の奥をくすぐるような艶を感じさせる物言い。紛《まぎ》れもない彩乃の声だ。「入ってきて」というなにげない言葉ひとつにも、ついつい身体

が反応してしまいそうになる。

勇介はドアの前でもう一度、深々と深呼吸をすると、外開きのドアを手前に引き、会議室に足を踏み入れた。

えっ……？

会議室の中に入った勇介は、どきりとしたように身体を硬くした。八人掛けくらいのサイズの、長方形のテーブルの向こう側には、彩乃が悠然と座っていた。

勇介が身体を委縮させたのは、彩乃と並ぶようにしてもうひとりの女性社員が座っていたからだ。年の頃は三十歳になるかならないかくらいだろうか。少なくとも勇介よりも年上なのだけは確かに思える。

研究開発部署に籍を置く社員は、勇介や沙羅のように制服の上に白衣を羽織っている。しかし、その女性社員が身にまとっているのは、研究開発部の制服とは明らかに違っていた。

落ち着いた濃紺のスーツの首元には、華やかさを感じるスカーフを巻いている。どことなくキャビンアテンダントを連想させるようなファッションだ。

思えば彩乃が制服を着ているのを見たことはなかった。部署などにもよるのだろうが、それなりの役職であったり、社外での仕事が多い女性社員には、制服の着用は義

いるみたいね」

「優秀だわ。ビジネスの場合は、少し早めに到着するのがマナーだと弁《わきま》えているみたいね」

彩乃は満足そうに笑うと、女性社員に向かって目くばせをした。それがなにを意味しているのかは、勇介には理解ができない。

「まずは、座ってもらえるかしら？　そんなところに突っ立ったままでは、話もできないでしょう」

促されるままに、勇介は椅子に腰をおろした。パイプ椅子でなく、キャスターがついたタイプの椅子だ。彩乃たちと向かい合う形のテーブルの上には、自社の化粧品などがずらりと並べられていた。

「以前にも話したと思うけれど、若手の男性社員であるあなたには、いろいろと協力をして欲しいことがあるの。わたしの隣にいるのは、メイクアップの講師をしている倉田美桜《くらたみお》さんよ。彼女は実際の店舗などでお客さまに商品をアピールする美容部員たちに、美容に関するさまざまな知識やテクニックを教えているの。ある意味、我が社の宣伝広報の一翼を担っていると言ってもいい存在なのよ」

彩乃は頼もしげに美桜の肩をぽんと叩いた。

「そんなふうに言っていただけると恐縮です。わたしなんてまだまだ半人前です。現役時代の彩乃先輩の足元にも及びません。彩乃先輩が最前線で活躍されていたときのことは、美容部員たちの間では伝説になっているんですから」

美桜は謙遜《けんそん》するように軽く頭を垂れた。

「伝説だなんて言われるとこそばゆいわ。ただ当時は、目の前にいるお客さまに喜んでいただきたくて必死でやっていただけなのよ」

彩乃は後輩の賛辞に、少し困ったような表情を浮かべた。

「話が若干逸れてしまったわね。お願いというのは、男性向けの新商品のモニターとして、美桜さんに協力をして欲しいのよ」

「えっ、モニターって言われても、僕に務まるかどうか……」

「それは心配しなくても大丈夫よ。最近は男性向けの化粧品も発売されているでしょう。だから、あなたには美桜さんが男性相手にメイクの実演をする練習台になってもらいたいのよ。簡単なことよ。あなたはされるがままになっていればいいの。実際に製品をヒットさせるには、現場の美容部員がセールスポイントをいかにアピールできるかが大切なの。そのためには、どんなふうに製品のメリットを訴えるかを考えないといけないでしょう」

「はあ、よくわかりませんが……。僕がお役に立てるのであれば……」

彩乃の自信ありげなトークを聞いていると、無条件で従わなくてはいけない気持ちになってしまうのが不思議だ。

「嬉しいわ。協力してくれるのね。今後は男性用のファンデーションやアイブロウなんかにも力を入れていこうと思っているのよ。大丈夫よ、ヘンな細眉になんかしないから。美桜先生の腕前を信用して、身体をっていうか、顔を委ねてくれればいいのよ」

不安を隠せずにいる勇介を言いくるめるように、彩乃は一気に畳みかけてくる。澱《よど》みのない口調は、さすがに研修の講師を任されるだけのことはあると感心してしまう。

「じゃあ、後のことは美桜さんにお任せするわね。わたしがいるとやりづらいだろうから、そろそろ席を外すとするわ。じゃあ、後はよろしくね」

「あっ、はい、いろいろとありがとうございます」

彩乃の言葉に、美桜は深々と頭をさげた。その様子からふたりの間には、師弟関係にも似た信頼関係があるのが見てとれる。

ギュルッと音を立てると、彩乃はキャスターが付いた椅子から立ちあがった。すっと背筋が伸びた立ち姿は相変わらず見惚れてしまう。美桜もつられるように席を立つ。

「香取くん、キミには期待をしているのよ。頑張って美桜さんに協力をしてあげてね」

彩乃は勇介が腰をおろした入り口に近い場所へと近づいてくる。それだけで、心臓の鼓動が速くなってしまう。勇介も慌てて立ちあがると、子犬のように真《ま》っ直《す》ぐな眼差しを彼女に注いだ。

「では、よろしく頼んだわよ」

二メートルほどの距離まで近づいたところで、彩乃は口角をきゅっとあげて微笑むと、ヒールの音を響かせながら会議室を後にした。美桜はドアの前でお辞儀をしながら彩乃を見送った。

美桜と二人きりで会議室に残された勇介は、ふうーっと息を吐いた。ホッとしたような、それでいて上手くはぐらかされたような不可思議な感覚。緊張に強張《こわば》っていた身体から、力がするりと抜けていくみたいだ。

「彩乃先輩から紹介していただきましたが、改めて自己紹介しますね。倉田美桜と申します」

美桜は勇介のほうへ近づくと、恭《うやうや》しくお辞儀をした。勇介もハッと我に返る。

「販売促進部に所属していて美容部員たちの指導をしています。彩乃先輩もわたしたちと同じように美容部員からスタートしたんです」

「えっ、彩乃さん……三國課長も美容部員だったんですか？」

「ええ、まずはユーザーと直接触れ合いたいからと美容部員を希望したって聞いています。そこで成績をあげて、営業部でも実力を発揮したそうですよ」

「へえ、そうだったんですか。うん、三國課長っていかにもデキる女性《ひと》って感じがしますよね」

「ですよね。なかなかあんなふうにはなれませんよ」

そう言うと、美桜は目元を緩めて笑ってみせた。美容部員を指導する立場とあって、お洒落には余念がないようだ。

品のいいブラウンにカラーリングされた髪の毛は肩甲骨よりもやや長く、毛先だけをふわりとカールさせている。それがゴールド系のアイシャドウを施した目元をいっそう華やかに引き立てているみたいだ。

アイシャドウに合わせたブラウンのアイラインと、瞬きをするたびにバサバサと音を立てそうな、量感に溢れたまつ毛も印象的だ。やや派手めにも思えるメイクが、目鼻立ちがはっきりとした彼女にゴージャスな雰囲気を漂わせている。

ゴージャスに思えるのは、メイクや髪形だけではなかった。紺色のツーピースタイプのスーツの胸元は、いまにもはちきれんばかりにふくらんでいた。首元に巻いた色鮮やかなスカーフよりも、乳房の隆起に目が引き寄せられてしまうほどだ。

また肉感的なのは上半身だけではなかった。くびれたウエストとは対照的に、スカートで覆い隠されたヒップも急激なカーブを描くようにむっちりと張りだしている。膝よりもやや短い丈のスカートから伸びるふくらはぎも、程よく脂《あぶら》が乗った感じだ。

「では、メイクした感じを確かめたいので、こちらにお願いできますか？」

「あっ、はい。ここに座ればいいんですね」

美桜が指し示した席の前には、大型の鏡が置かれていた。鏡の周囲にはＬＥＤライトが点くようになっている。よく見ると、鏡自体も通常のものではなく拡大鏡になっている。いわゆる女優ミラーと呼ばれるもののようだ。

改めて考えてみると、日々メイクをする女とは違い、男は鏡で自分の容姿を見たりはしない。それも拡大鏡の前で自分の顔を観察するなどはじめての経験だ。普段は意識をしたことがない毛穴や眉毛の一本一本までくっきりと映し出される。

「こんなふうに鏡の前に座ると、なんだか照れくさいですね」

気恥ずかしさを誤魔化すように、勇介は鏡から視線を逸らした。

「男性は普段はなかなかじっくりと鏡を見たりはしないのかしら？　でも、最近は男性用のファンデーションやアイブロウも売れているんですよ。男性と女性では肌の質感やファンデーションのノリも違うから、美容部員がそれをしっかりと理解していないと売れるものも売れないでしょう。だから、今日は協力してくださいね」

そう言うと、美桜は勇介の首元にケープを巻きつけると、コットンに化粧水を染み込ませ、顔を丹念にパッティングしはじめた。ほんの少しひんやりとするような感触。保湿成分がたっぷりと含まれているのか、わずかにぬるついている。

化粧水をつけた後は軽めの乳液も馴染ませる。

「あっ、そうだわ。彩乃先輩から開発中の香水との相性を確かめるように、と言われてたんです。匂い同士の相性がよくないと、気持ちが悪くなったりすることもあるから、ちょっと香水もつけさせてくださいね」

美桜は小ぶりの容器に入った香水の噴射口に鼻先を寄せると、その匂いを確かめるようにまぶたを伏せ鼻を鳴らした。

「あら、意外と軽めの感じなんですね。もっと濃厚な感じかと思っていたんだけど、じゃあ、少しだけ付けますね」

勇介の耳の後ろの辺りに香水を吹きかけると、その匂いを確かめるように美桜はもう一度鼻先を近づけた。首筋に彼女の息遣いを感じ、口元がわずかにヒクついてしまう。勇介は小さく息を吸い込んで、動揺を抑え込もうとした。

「では、ファンデーションから試してみますね。女性は美白を意識した色調がメインなのですが、男性は健康的に見せたいということで、女性用と比べるとややオレンジ系の色合いにしているんです。慣れないとくすぐったいかも知れないけれど、少しだけ我慢をしてくださいね」

椅子に座った勇介の顔面目がけて、美桜はやや膝を落として前傾姿勢になった。テーブルがあるので、正面に立つのではなく勇介の身体の側面に寄り添うように立つ感じだ。

前のめりになったことで、ただでさえ男の視線を惹きつける胸のふくらみがより強調される。見てはいけない、そう思えば思うほどに、牡としての好奇心が湧きあがってくるのを禁じ得ない。

近づく前は気がつかなかったが、彼女の肢体からもほんのりと香水の匂いが漂っている。それは彩乃や沙羅が使っているものと同じ、男受けがいいと評判の香水の香りだった。

彩乃や沙羅との蜜事があったせいか、その香りを嗅ぐと知らず知らずのうちに淫靡な感情が湧きあがってくるみたいだ。勇介は身体の奥に小さな劣情の炎が灯《とも》るのを感じた。

正面から向かい合う体勢ではないので、どうしても側《そば》に立つ美桜の肢体が身体に触れる。特に彼女が利き腕を伸ばそうとすると、これ見よがしに隆起した乳房が肩先や二の腕に当たるのはどうしようもないことだった。

あっ、気がつかなかったけれど、美桜さんも左手に指輪をしてる。っていうことは、結婚してるんだ……。

美桜の左手の薬指に光る銀色の指輪を見つけた途端、勇介は心臓がばくんと音を立てるのを覚えた。

うわっ、ヤバいくらいに大きなおっぱいを見せつけられてるのに、触るどころか微動だにできない状態ってのは精神的な拷問だよ……。

勇介は鏡に映る自身の顔をのぞき込んだ。グラマラスな肢体が肩先に当たるだけで、下腹部の辺りがじぃんと切なく痺れるみたいだ。相手が人妻だと思うと、制服のズボンの中に隠した海綿体に若い息吹《いぶき》が流れ込んでしまう。

制服の上から大きめの白衣を羽織っているからいいようなもので、そうでなければ下半身が反乱を起こしているのがバレてしまうに決まっていた。

勇介の思いや肢体の反応を知ってか知らずか、美桜はファンデーションの伸びや馴染み具合を丹念に確かめている。じっくりと観察しようと彼女の顔が近づけば近づくほど、美桜の付けている香水の匂いが鼻腔に忍び込んでくる。

男受けするというキャッチフレーズがあるだけに、男をソノ気にさせる効果さえあるのではないかと訝《いぶか》しく思ってしまうほどだ。

「うふふ、香取さんって若いだけあって肌が綺麗なのね。なんだか羨ましくなっちゃうわ」

美桜は男の肌のきめを観察するみたいに、顔をぐっと近づけてくる。

ファンデーションを肌に載せたときの色合いを確かめると、クレンジングを用いて丹念に拭《ふ》き取っては、別の色合いのファンデーションを塗る。それを何度となく繰り返す。

勇介にはその色の違いはほとんどわからないが、美桜にとっては重要なことのようで、その都度アングルを変えながらデジタルカメラで撮影をしている。

「もう少しだから、我慢してね。ほんの少しだけ眉毛を整えていいかしら？　その上でアイブロウの使用感を確かめたいの」

彩乃の命令でこの会議室に呼び出されたのだ。勇介に選択権や拒否権などないに等しかった。彩乃は小型の剃刀《かみそり》を手にすると、慎重に勇介の眉毛の辺りに這わせた。剃るというよりも、わずかにはみ出した毛先を軽く整える感じだ。

失敗することができないというプレッシャーもあってか、さらに美桜は肉感的な肢体を密着させてくる。肩先や二の腕に感じる豊乳のボリューム感。それは確かな弾力で勇介の肩や二の腕を押し返してくる。

無意識の内に両肩がわずかに上下し、吐き洩らす呼吸が荒くなってしまう。鏡の中に映り込む勇介の顔には、かすかに苦悶の色が滲んでいた。

「やっぱり女性と男性だと、眉毛の描きかたも微妙に変えないとだめみたいね。女性よりもナチュラルな感じに仕上げないといけないものね」

拡大鏡に映る勇介の顔をのぞき込みながら、美桜はひとり言のように呟いた。こころなしか、チークで彩られた頬が色味を増しているように思える。

不自然な前傾姿勢を取り続けているのはツラいのだろうか。美桜は前合わせボタンが千切れてもおかしくないほど張りつめている胸元を左手で押さえると、はあーっと息を吐き洩らした。それはどことなく色っぽさを感じさせる仕草だった。

美桜はアイブロウを手にすると、眉頭から眉尻に向かってすっ、すっと線を引くようにペン先を動かした。元々眉毛は薄いほうではないし、無駄に濃いほうでもない。整えた眉毛に多少描き足すだけで、いまっぽい感じに仕上がった。

「うん、こんな感じかしら。香水との相性も悪くない感じだわ」

自分の仕事を確認するように、美桜は勇介の顔をじっくりとのぞき込んだ。ファンデーションの馴染み具合を確かめるみたいに、両手で勇介の頬を包み込むとそっと撫で回す。

勇介もされるがままになっていただけではなかった。改めて美桜の姿に瞳を凝らす。

美桜さんってメイクのせいだけじゃなくて、元の顔立ちがはっきりしているんだ。アイラインやマスカラのせいでちょっと派手めに見えるけど、きっとスッピンだって綺麗なんだろうな……。

そんなふうに漠然と思った。目の前でふわりと揺れる柔らかそうな髪の毛に触れてみたくなるが、そんなことができるはずもない。

「本当に若いって素敵ね。お肌だってぷりぷり、もちもちしているのね。それに……この香水の匂い。なんて言えばいいのかしら。嗅いでいるとなんだかうっとりとしちゃうっ……」

陶然《とうぜん》とした声で囁くと、美桜はまぶたを伏せ勇介の首筋に鼻先を寄せた。まるで視覚を遮ることで、全神経を嗅覚に集中させているみたいだ。

「はあん、本当にイイ匂いだわ。なんだか……嗅いでいると妙な気分になりそうな匂

あげた。

「んんっ……」

鼻先を小さく鳴らすと、美桜は首筋に鼻先を押しつけたまま、舌先でちろりと舐めあげた。

「んんっ……」

しっとりとした舌先の感触に、勇介は思わずうわずった声をあげた。舐められたのは首筋なのに、甘やかな刺激が下半身を直撃するみたいだ。

「本当にどうしちゃったのかしら？　勇介くんの匂いを嗅いでいると、いやらしいことをしたくてたまらない気持ちになってくるっ……」

美桜は胸元を反らすと、悩ましげに肢体を左右にくねらせた。わずかに身体を揺さぶるだけで、蠱惑的な稜線をひけらかす乳房が重たげに弾む。

「身体が汗ばむくらいに熱くなって……。あーん、こんなの着ていられなくなっちゃうっ……」

粘り気のある声で囁くと、美桜は首元に巻いた鮮やかなスカーフをしゅるりと解いた。美桜のすらりとした長い指先は短めに爪を切り揃えていた。その爪はアイシャドウと色合いを合わせた、パールゴールドのネイルで彩られている。

「ああんっ、こんな気持ちになるなんて、どうしたの……。でも、我慢できない……

我慢できなくなっちゃうっ」

綺麗にカラーリングされた長い髪を緩やかに左右に振ると、美桜は勇介の背後に回り、所在なさげにしていた両の手首に解いたばかりのスカーフを幾重《いくえ》にも巻きつけた。

これで勇介の両手は背後で繋ぎ留められてしまった。

何重に結び付けられたとしても、所詮《しょせん》はつるつるとした素材のスカーフだ。その気にさえなれば、解くことはできるだろう。

しかし、そんな気持ちにはならなかった。むしろ、後ろ手に縛りあげられたことで淫らなことをされても、したとしても許されるような気持ちになってしまう。

「はあっ、年下の男を縛ってると思うだけで萌えちゃうわ」

美桜は中腰になると、まぶたを伏せて勇介の唇にキスをした。唇を彩るルージュのかすかな香りに胸がときめく。ふにゅふにゅとした柔らかい唇の感触に、勇介の口元から熱い吐息がこぼれる。

わずかに開いた唇の隙間を狙うように、彼女は上唇を挟み込むように唇を重ねる。口元から洩れる甘みのある匂い。それを吸い込もうと唇を開くと、今度は下唇をやんわりと挟み込み、ぬるついた舌先をゆるりと這わせてくる。

年上の女の舌使いは、勇介には予想がつかない。制服のズボンの中身は硬さを増す一方だ。

「うーん、そんな色っぽい顔をされると興奮しちゃうっ……」

美桜は悩ましげに喉元を反らすと、紺色のスーツのジャケットを留める前合わせボタンに指先を伸ばした。

後ろ手に縛られた年下の男の視線を楽しむみたいに、前合わせボタンをひとつずつもったいをつけながら外していく。

丸襟のスーツのボタンをふたつ外すと、砲弾をしまい込んだみたいな赤みの強い紫色のブラジャーが現れ、ボタンが三つ外れると深々と刻まれた谷間が露わになった。

勇介の喉がごくりっと鳴る。両手が自由にはならないという、いままで味わったことがない状況が性的な興奮を倍増させているみたいだ。

とうとう美桜が着ているスーツの前合わせボタンが全て外れた。はだけた上着からは、紫色のブラジャーに窮屈《きゅうくつ》そうに収まった乳房がちらちらと垣間見える。

「あっ、く、倉田さん……」

「ああん、そんなふうに見つめられたら、おっぱいがずきずきしちゃうじゃないっ」

美桜は挑発するように胸元で腕を交差させると、両の乳房のあわいにくっきりと刻まれた谷間を強調してみせた。

「見られれば見られるほど感じちゃうっ。いやだわ。わたしったらまるで変態みたいじゃない……」

扇情的な彼女の言葉は、若牡を挑発するには十分すぎる。勇介の制服のズボンのフロント部分は、触らなくてもわかるほどにはっきりと隆起していた。

「すっごく身体が熱くなってるの。こんなの着ていられないわ」

肩先に手をかけると、グラマスな肢体を左右にひねりながら美桜はジャケットから腕を引き抜いていく。目の前で繰り広げられる人妻のストリップに、勇介は息を乱して見入るばかりだ。

両腕を引き抜くと、彼女はジャケットをはらりと舞い落とした。紫色のブラジャーが剝き出しになる。砲弾のように突き出した爆乳を包み込むブラジャーは、素肌がうっすらと透けて見える総レース地でフルカップのデザインだ。

スーツの上から想像していたよりも、ブラジャーだけになった姿のほうがはるかに迫力に満ち溢れていた。無遠慮な眼差しを注ぐ若牡を挑発するみたいに上半身をのけ反らして、たわわな乳房を揺さぶってみせる。

ああっ、すごいっ……。なんておっきいんだ……。

椅子に腰をおろしたまま、後ろ手に拘束された勇介の上半身が次第に前のめりになっていく。

「もうっ、スケベなんだからぁ」

楽しそうに笑いながら、美桜は勇介に背中を向けた。その両腕が背中に回ると、天使の羽根のような肩甲骨がこんもりと盛りあがる。

背中に回った彼女の指先はブラジャーの後ろホックを摑むと、それをゆっくりと外した。乳房を守る鉄壁の鎧のようなブラジャーのホックが外れた途端に、支えを失った肩紐が丸みを帯びた両肩からすべり落ちる。

勇介に背中を向けた格好なので、量感に満ち溢れた熟れ乳を見ることは叶《かな》わない。勇介の口元から焦れた呻き声が洩れる。

「いやらしいのね。そんなにおっぱいが好きなの？」

年下の男の胸中を弄ぶように囁くと、美桜はゆっくりと振り返った。しどけなく垂れさがったブラジャーを指先から舞い落とす。

「うわぁっ、すっ、すげぇっ……」

勇介は驚嘆の声を洩らした。グラビアやビデオなどでは幾らでも見たことはあるが、こんなにも至近距離で重たげに揺れる双乳を見たのははじめてのことだ。

「んふっ、そんなに興奮しちゃって。ここまで鼻息が聞こえてきそうよ」

美桜は重量感をアピールするように、熟れ乳を両手で下から支えるように持ち上げると、誇らしげに突き出して見せつけた。勇介の呼吸がますます荒くなる。

「もう、可愛いんだからぁ」

言うなり、美桜は勇介の頭部を抱きかかえた。豊乳の谷間にずっぽりと埋もれる格好だ。左右の頬に柔らかな熟れ肌が吸いついてくるみたいだ。ぎゅっと抱きしめられると、鼻腔や口元まで塞《ふさ》がれてしまうが、それは少しもツラいことには思えなかった。

軽い酸欠状態がさらなる快感を呼び覚ますみたいだ。勇介は目を閉じて、熟れた人妻の乳房にすっぽりと包まれる感触を味わった。

「はあっ、どんどん感じちゃうっ」

美桜は勇介の頭部を解放すると、はしたないおねだりをするように、その口元にゆんとしこり立った乳首を突き出した。

彼女が何を求めているかくらいは勇介にだってわかる。大きく舌先を伸ばすと、重たそうに揺れる乳房の頂上で、その身を硬くする愛らしい果実をでろりと舐めあげた。

「ああんっ、いいわぁ。そうよ、おっぱいをいっぱい可愛がってぇ。そうしたら、もっともっと気持ちいいことをしてあげるっ……」

胸元を突き出したまま、美桜は意味深な言葉を囁いた。それは勇介にとっては、魅力的すぎる誘い文句だ。

「ほっ、本当に。もっと気持ちがいいことをしてくれるんですね」

勇介はごくりと唾《つば》を飲み込み唇を大きく開くと、乳房の大きさに相応しいやや大きめの完熟した左の乳首を口に含んだ。

赤みの強いピンク色の乳首はまるでグミみたいだ。その付け根の辺りにやんわりと前歯を当てると、ねちっこいタッチで舌を絡みつかせる。

「んーんっ、いいわあ。乳首がじんじんしちゃう。ああんっ、もっと激しくしてもいいのよ。ぢゅうって音を立てるくらいに思いっきり吸いついてぇ」

美桜は聞いているほうが恥ずかしくなるような言葉を口走った。年下の男に吸いしゃぶられることに昂ぶっているのだろう。自らの右手で右の乳房を支え持つと、親指と人差し指の腹を使って、木苺のような乳首を丹念にこねくり回している。

「はぁん、おっぱい弱いの。舐められると感じるわ……。それに男の人を感じさせたくなっちゃうっ……」

悩乱の声を洩らしながら、美桜は8の字を描くみたいに丸みを帯びた肩先をくねらせた。彼女が名残惜しそうに胸元を引くと、赤みを増した乳首と舌の間に透明の唾液が糸を引いた。

「乳首がぬるんぬるんになっちゃってる。すっごくいやらしいわ」

美桜は赤みの強いルージュを塗った唇を軽く舌先で舐め回した。牡を挑発するような、なまめかしい舌先の動きに、ふしだらな妄想がふくらんでしまう。

「大丈夫よ。心配しないで……」

後ろ手にスカーフで拘束された勇介に、美桜はお姉さんっぽい口調で囁きかけると、キャスター付きの椅子の向きを九十度動かした。これで、彼女と対峙《たいじ》する体勢になる。

「そんな不安そうな顔をしなくたって大丈夫よ」

美桜は顔をまじまじと見つめる勇介の額を、人差し指の先で軽く突っついてみせた。子供扱いされているようにも思えるが、それよりも淫らな期待感のほうが勝っている。

「わたしだけこんな格好なのはヘンよね」

含み笑いを浮かべると、美桜は勇介が羽織っている白衣の前合わせボタンを外した。それだけではなく、紺色の制服の上着をずるりとめくりあげる。

「インナーシャツって、なんとなくセクシーに見えるのよね」

口元に不敵な笑みを浮かべると、美桜はインナーシャツの上からわずかに盛りあがった小さな乳首を指先で悪戯した。

「あっ……」

かすかな声を洩らして、勇介は椅子の上で体躯を揺さぶった。両手を後ろ手に縛られているという状況が、身体の感覚を鋭敏にしているみたいだ。

「そんなエッチな声を聞くと、余計にいやらしい気持ちになっちゃうじゃない」

美桜はインナーシャツを摑むと、それを鎖骨の辺りまで一気にたくし上げ、女よりもはるかに小さな乳首に舌先を伸ばしてきた。

ぬるっ、ちゅっ……。

湿っぽい音が胸元を包み込む。でろりと舌先を密着させたかと思うと、次の瞬間には舌先を尖らせて軽やかに突っついてくる。縦横無尽に這い回る舌先の動きに、勇介は椅子の上で上半身をのけ反らせた。

直径五ミリほどの乳首を舌先で舐め回されただけで、こんなにも気持ちがいいのだ。それ以上のことをされたら、どれだけ気持ちがいいのか想像もつかない。トランクスの中にしまい込んだ肉柱は急激に角度を変えたせいか、鈍い痛みさえ覚えるほどだ。

勇介はもどかしげに椅子の上で腰をもぞもぞと揺さぶった。しかし、そんなことでは角度を変えることなどできはしない。

「あら、おっぱいだけじゃ物足りないって感じね。こっちも可愛がって欲しいのかしら」

美桜の指先が制服のズボンへとゆっくりと伸びる。

「まあ、大変なことになってるじゃない。こんなふうに無理やり押し込められていたらツライわよね。そうね、もう少し椅子に浅く腰をかけられるかしら」

したり顔で囁くと、美桜はズボンのベルトをガチャリと緩め、前ホックも外した。ファスナーを摑み、それをゆっくりと引きおろしていく。

「あっ、ああっ……」

後ろ手に縛られたままの勇介はされるがままだ。それでも、美桜がなにをしようと企《たくら》んでいるのかくらいは察しがつく。勇介は椅子に浅めに座り直し、ズボンやトランクスを引きおろそうとする彼女に協力した。

ズボンやトランクスが膝下までずりおろされると、逞しさを滾らせた牡柱が露わになった。グラマラスな肢体を見せつけられ、乳首などを愛撫され続けたのだ。

赤っぽい亀頭の割れ目からは、牡のフェロモンを放つ先走りの液体がじゅくじゅくと滲み出し、裏筋の辺りまで滴り落ちていた。

「本当に若いって素敵だわ。うちの旦那とは角度が違いすぎるもの。もっとも勃起してるところを見たのなんて、いつのことだか思い出せないくらいだけど」

猛々《たけだけ》しいほどの勃起角度を見せつけるペニスを観察するように前のめりになると、

美桜は愛《いと》おしげに亀頭を指先でゆるゆると撫で回した。

「後から後からスケベなお汁が溢れてくるなんて、勇介くんってずいぶんとエッチなのね」

楽しそうに声を弾ませながら、美桜はテーブルの上にずらりと並べられた自社製品の中から見るからに高級そうな瓶に入った化粧水を手に取った。

「これはね、うちの化粧品の中でも特にイチオシのものなの。見て、こんなにとろーんとしているのよ」

半透明のケースに入った化粧水のキャップを開けると、彼女はそれを左の手のひらにたっぷりと滴り落とした。それは先ほど勇介の顔に塗ったものよりも、遥かに粘度が高そうな液体だ。

「敏感肌用にってことで、添加物の類も無添加なのよ」

美桜は手のひらを使って、とろみのある化粧水を重たそうに揺れる乳房に塗りたくった。海外のセクシーなグラビアに登場するモデルにひけを取らないほどの爆乳なのだ。一度では塗りきらず、二度三度と丹念に塗りまぶす。

たちまちのうちに、美桜の胸元はプールからあがったばかりかと見間違うような濡れ艶を放つようになった。まるでローションでも塗りたくったみたいに見える。

「どう？」

美桜はたわわな乳房を突き出すと、わざとらしく勇介の眼前で揺さぶって見せつけた。

「どうって言われても……」

まともに直視することは憚《はばか》られる気がして、勇介はすっと床の上に視線を落とす。

「いいわあ、そういう純な感じってたまらないわね。なんだか、すごく悪いことをしている気持ちになっちゃうじゃない」

はぁーッと熱い息を吐き洩らすと、美桜は完熟した乳房を誇張するように肢体をくねらせた。ぬるぬるとした艶を放つ胸元から、たぷたぷという水気を孕んだ音が聞こえてきそうだ。

「どうしておっぱいに化粧水を塗ったのかわかる？　ふふっ、それはね、こういうふうにするためよ」

年下の男の胸中に揺さぶりをかけるように甘ったるく囁くと、彼女は椅子に座った勇介の前に膝をついた。見あげていたはずの美桜が腰を落としたことで、一気に視線の高さが変わる。

「こんなふうにしたら、どうかしら？」

美桜は卑猥な輝きを放つ乳房を、中央に寄せるように両手で下から支え持った。それによって、信じられないほど深々とした谷間が刻まれる。

いったい、なにを……？

見てはいけないと思っても、牡としての好奇心が、どうしても魅惑的な熟れ乳に引き寄せられる。床に視線を落としながらも、ついついちらちらと盗み見てしまう。

「本当はもっともっと見たいんでしょう。遠慮なんてしなくていいのに」

まるで見透かすように、美桜は谷間を際立たせるように前かがみになり、艶然と微笑んでみせた。量感に満ち溢れた双乳の頂きは、濃いめのミルクティーを思わせる色合いで、筒状の乳首がきゅんとしこり立っている。

「ううっ……」

理性と欲望の狭間《はざま》で苛《さいな》まれる勇介の口元から、懊悩の呻きが洩れる。

そのときだった。若さゆえに下腹を目指すように隆々と勃起するペニスが、柔らかな乳房の谷間にじゅっぽりと包み込まれた。Gカップはあろうかと思われる乳房の谷底に密着したペニスは、ほとんど覆い隠されてしまった。

鮮やかな早業《はやわざ》はまるで手品みたいだ。乳房はぬるぬるとした化粧水まみれになっている。乳房の温度であたためられたのだろう。うわすべりするような感触は、女みたいな甲高い声が洩れてしまうほどに気持ちがいい。

「ねっ、気持ちがいいでしょう。普通のパイズリだって気持ちがいいんだろうけど、こんなふうにぬるぬるになっていたら、何十倍も気持ちがいいでしょう？」

美桜は上目遣いで囁きかけてくる。勇介は口元からこぼれそうになる悩ましい声を堪えるように、奥歯をくぅっと嚙み締めながらこくこくと頷いた。

「男の子が感じる顔を見ているとわたしも感じちゃうの。もっともっと感じさせて、エッチな声を聞きたくなっちゃうわ」

巨大な果実みたいな乳房を両手でわしわしと揉みしだきながら、美桜は嬉しそうに笑ってみせる。勇介が身悶えるさまを見るのが、楽しくて仕方がないという表情だ。

勇介の喘ぐ表情を見つめながら、美桜は緩やかに上半身を前後に振り動かした。そのたびに、胸元がぢゅぷっ、ぢゅるるっという淫猥極まりない音色を奏でる。

「ああっ、いいっ、やっ、やばいですっ。こんなの……気持ちよすぎますっ……」

たまらず、勇介は腰を引いて逃れようとした。まるで固まりかけの巨大なグミの中に、ペニスを突き立てているみたいな錯覚を覚えてしまう。

「まだまだよ。お楽しみはこれからよ」

言うなり、ペニスを包み込んでいた乳房を両脇から押さえ込んでいた美桜の指先から力が抜けた。はあっ、と勇介は喉元を上下させた。

乳房でペニスを愛撫するパイズリだけでも刺激的なのに、さらにその乳房が、ローションのようなぬるつきをみせる化粧水塗《まみ》れなのだ。気を許したら、あっという間に胸のあわい目がけて精液を乱射しそうになる。

「なによ、ホッとした顔をしちゃって。お楽しみはまだまだこれからよ」

美桜は目元を細めると、再び右手で乳房を支え持った。青黒い血管が浮かびあがった男根を弄ぶことに、彼女も昂ぶっているのがわかる。その証拠に乳輪には小さな点状に毛穴がうっすらと浮かびあがり、乳首が痛いくらいに硬く尖り立っている。

きゅうんと収縮した乳輪や乳首は、まるでペニスと同じように硬く勃起しているみたいに思える。

美桜は右手だけでなく左手も添えて右の乳房をしっかりと摑むと、亀頭にぐりぐりとなすりつけた。潤みの強い化粧水によって、こりこりとした感触の乳首が亀頭の上を緩やかに撫で回す。

女体の象徴ともいえる乳首で男性器を悪戯されるという、卑猥すぎる性技が視界に飛び込んでくる。牡というのは、視覚によっても興奮を煽り立てられるものだ。

美桜はそれを理解しているらしい。赤みが強いピンク色の亀頭の上を乳首が撫で回すのを見ているだけで、無意識に呼吸が乱れてしまう。

「こうすると、もっと気持ちがよくなるかしら？」

もったいぶるように囁くと、美桜は昂ぶりにわずかに開いた鈴口に狙いを定めるように乳首を押しつけてくる。まるで鈴口と乳首がキスをしているみたいだ。ただでさえ乳房はぬるぬるだというのに、鈴口からもねっとりとした牡汁が噴きこぼれてくる。

彼女は鈴口から滲み出した特濃の牡汁を乳首に塗りまぶすと、肉束が盛りあがった裏筋の辺りをつつーっとなぞりあげた。肉竿に浮かびあがった無数の血管がますます隆起してしまう。

「はあっ、美桜さんってエロすぎますよ」

「あら、いやらしい女は嫌い？　勇介くんのここは、少しもそんなふうには思っていないみたいだけど……」

美桜は悪びれるふうもなく言ってのけた。

「勇介くんが興奮しているのを見てると、わたしだって感じちゃうのよ」

彼女は亀頭を乳首で弄びながら、むっちりと張り出したヒップをなめらかに揺さぶってみせた。

左右からぐぐっと寄せ合わせていた乳房からわずかに力が抜けると、牡汁を滲ませる亀頭が顔をのぞかせる。美桜はルージュを塗った唇からわずかに舌先を伸ばすと、ちろちろと左右に揺さぶってみせた。

人妻の仕草はそのひとつひとつが意味ありげで、勇介の心を、身体を熱くさせずにはいられない。

「んふっ、美味しそうなお汁が溢れてるわ」

言うなり、美桜はこれ以上は伸ばせないというくらいに舌先を突き出すと、ペニスの付け根から裏筋の辺りをべろりと舐めあげた。

「あっ、そこは……」

思わず声が裏返ってしまう。スカーフで後ろ手に縛りあげられた勇介は背筋をのけ反らせた。

「いいわあ、そういう色っぽい声が大好きなの」

美桜は再びたわわな乳房を両手で下から支え持つと、血液を漲らせた屹立をしっかりと挟み込んだ。しかし、今度は乳房の谷間から亀頭が顔を出すように微調整をしている。

乳房をやわやわと揉みしだきながら、さらに亀頭にぺろぺろと舌先をまとわりつかせる。淫靡すぎる技に、玉袋の表面がうねうねと波打ってしまう。

勇介はくうっと喉を絞った。椅子に浅めに腰をかけているので、快感を押し殺そうとするたびにつま先にぎゅうっと力が入り丸くなる。

「ああーんっ、おしゃぶりしてるだけじゃ、我慢できなくなっちゃうわぁ」

美桜は人妻とは思えない大胆な言葉を口走った。顎先をぐっと突き出し蕩けるような声を洩らしながら、ゆっくりと立ちあがった。

勇介にちらりと流し目を送ると背中を向け、ウエストにわずかに食い込んでいるタイトなスカートをずるずるとたくし上げていく。

少しずつストッキングとショーツに包まれた豊臀が露わになっていく。ストッキングはやや濃いめのブラウンで、丸みのあるヒップを包むショーツはブラジャーとお揃いの総レース生地で赤みの強い紫色だ。勇介は固唾を飲んでそれを見守った。

スカートをウエストの辺りまでずりあげると、美桜はストッキングとショーツだけを脱ぎおろした。ウエストの辺りでたくしあげたスカートが幾重にも重なっている。

彼女が身に着けているのはスカートだけだ。それが生々しさを醸し出している。

勇介の視線は彼女の後ろ姿に釘付けになっていた。若牡の眼差しを意識するように、美桜はゆっくりと振り返った。

「ねえ、欲しくなっちゃったの」

牡の劣情に訴えるみたいに、美桜はグラマラスな肢体をなよやかにくねらせた。まるでスローなテンポのダンスを思わせる優雅な仕草だ。

「あーん、いいでしょう？」

美桜はまるで甘える子猫のように、熟れきった肢体をすり寄せてくる。昂ぶった身体から立ち昇る香水の匂いを振り撒いているみたいだ。

その匂いを嗅ぐと、自然と肉柱がぴゅくりと上下に弾んでしまう。パブロフの犬ではないが、条件反射になりつつあるのかも知れない。

「勇介くんは椅子に座っているから、わたしが上に乗ってもいいでしょう？」

美桜は媚びるような声で囁くと、勇介の首筋に鼻先を寄せた。彼女も香水の匂いに興奮しているみたいだ。いいでしょうと尋ねておきながら、美桜は答えを聞く気はないらしい。

椅子に腰をかけた勇介の太腿の上に、美桜が背中を向けた格好でゆっくりとヒップを落としてくる。なにひとつ着けていない色白の太腿の付け根に、カウパー氏腺液まみれの怒張の先端が触れる。

「ああんっ、勇介くんのオチ×チンも濡れ濡れになっちゃってるじゃない？」

「それは……あんなにエッチなことをされたら、誰だって濡れるに決まってますよ」

「あら、それは嫌なことだったのかしら。それともイイことだったのかしら？」

勇介のほうを振り返りながら、美桜が問いかける。いいも悪いもない。年上の美女にここまでされて、感じない男がいたとしたらどうかしているに決まっている。

勇介の返事を促すみたいに、背中を向けた美桜は完熟した桃のようなヒップを緩やかに揺さぶった。柔らかいヒップの谷間で、肉茎をしゅこしゅことしごかれているみたいだ。

彼女がヒップを前後させるたびに、繊細な花びらが大きく傘を開いた亀頭にひらひらとまとわりつく。

濡れそぼった粘膜同士がにゅるにゅると触れ合うたびに、尿道の奥から亀頭の先端まで快美感が電流のように走り抜ける。

「ああん、これって気持ちいいかも……。ぬるぬるのオチ×チンでクリちゃんをこすられると、気持ちよすぎてヘンになっちゃうっ」

美桜は自分の一番感じる部分を刺激するように、ぷりぷりとしたヒップをゆっくりと前後に揺さぶった。感じているのだろう。次第に熟れ腰の動きが激しくなる。

「はあ、じっ、焦らさないでくださいよっ」

先に切羽つまった声を洩らしたのは、年下の勇介のほうだった。勇介のほうを振り返った美桜は、キスをねだるようにまぶたを伏せた。本当ならば一気に突き入れたいところだ。

しかし、勇介の両手は後ろ手に縛られたままだ。ここでの主導権はあくまでも美桜にある。

早くとせがむように、勇介は半開きになっている彼女の口元に唇を重ねた。唇同士をやんわりと挟み込むようなソフトな口づけ。先に舌先を潜り込ませてきたのは美桜のほうだった。

「んんっ、いいわあ。思いっきり深いところで感じたくなっちゃうっ」

美桜の声のトーンが高くなる。彼女は顔を戻して中腰になると、威きり勃った肉幹をしっかりと握り締めた。そのまま慎重に腰を落としてくる。

二枚の花びらの中心部に亀頭をぎゅっと押しつけた途端、堰《せ》き止められていた濃厚な牝蜜がとろりと滴り落ちてくるのがわかる。潤みの強い愛液に絡め取られるみたいに、亀頭が花壺にじゅるりと取り込まれていく。

「あっ、ああんっ……はっ、入ってくるぅっ……ああーんっ……」

美桜は喉元を大きくのけ反らせて、喜悦の声を迸らせた。彼女は肢体を前後に揺さぶりながら、じわりじわりとペニスを咥え込んでいく。

まるで屹立が蜜壺を押し広げる快感を味わっているみたいだ。彼女は前後だけではなく、若茎の硬さを楽しむように円を描いて、熟れきったヒップをくねらせる。

「すごいわ。かっ、硬いっ。オマ×コの中が抉《えぐ》られるみたいっ……」

美桜は栗色の髪を振り、悩乱の声を迸らせた。しっかりと埋め込んだ肉柱に、肉襞のひとつひとつがねちっこく絡みついてくるみたいだ。

「くうっ、たっ、たまりませんよっ……」

勇介は眉尻を歪《ゆが》めながら、尾てい骨の辺りから全身にじわじわと広がっていく快感を嚙み締めていた。

美桜は深々と取り込んだペニスを軸にし、大小の円を描くように熟れ尻を回転させている。

このまま、彼女のペースで腰を振り続けられたら、不覚にも暴発をしてしまいそうだ。勇介は後ろ手に回された手首に力を込めた。強靭な縄ならば解くことは叶わないだろう。

しかし、勇介の両手首を繋ぎ留めているのは、表面がつるつるとした大判のスカーフなのだ。しかも、きつくは結び留められていない。

両の手首をすり合わせるようにすると、多少なりとも隙間ができる。そのまま手首をひねるようにすると、なんとか引き抜くことができた。

両手首が自由になった途端に、心身共に余裕ができる。勇介は背後から美桜の身体を抱き寄せると、今度は解いたばかりのスカーフを美桜の両の手首にぐるぐると巻きつけた。これで、立場が完全に逆になった。

「あっ、あーん、そんなぁ……」

主導権を握っていた美桜の唇から戸惑いの声が洩れる。彼女はスカーフによって繋がれた両手首を揺さぶって抗《あらが》おうとする。その姿はなんともいえず扇情的だ。

勇介はミサイルのような形をした巨乳を背後から鷲摑みにした。とても手のひらには収まりきらない爆乳だ。

「はあんっ」

勇介は高反発のスポンジのような乳房に指先を食い込ませた。指先を力強く押し返す弾力が心地よい。親指と人差し指の腹を使い、敏感そうな果実を丹念に転がすと彼女の声が甘さを増していく。

ときおり、少し意地悪をするように指先に力をこめると、男根を深々と咥え込んだ蜜壺がきゅっ、ぎゅっと収縮する。

「ああんっ、だめっ、おっぱい……弱いのにぃ」

「おっぱいが弱いっていう割には、散々に弄んでくれましたよね」

「弄ぶだなんて……。だって勇介くんだって、悦んでいたじゃない」

背後から抱き締められながら、美桜は切なげに身をよじった。攻守が変わった途端に、こんなにも態度が変わるものなのだろうか。

両手が自由になった勇介は、完熟した乳房をかき抱きながら、椅子の上で跳ねあげるように腰を使った。ぐんっと突き上げると、豊満な肢体が浮かびあがるみたいだ。

「ああん、そんな……こんなに激しいの……」

美桜は長い髪を振り乱した。背後から抱き寄せているので、首筋の辺りから漂う香水の匂いが鼻腔に忍び込んでくる。牡を奮い立たせるような香りが、勇介をますます攻撃的にする。

「美桜さんって本当にスケベなんですね。腰を振るたびに、オマ×コからいやらしい汁が溢れてきますよ」

「ああんっ、そんな……恥ずかしぃぃ……」

「恥ずかしいって言いながら、ぐちょぐちょになっているじゃないですか」

勇介は美桜の耳元で囁くと、はしたない音を奏でている男女の結合部に右手の指先を伸ばした。

そこはうるうるとした愛液がじゅくじゅくと滴り落ちていた。どれほど深く繋がっているかを確かめるみたいに、ペニスを飲み込んだ花びらのあわいを指先でなぞりあげる。

「はぁっ……うそっ、こんなにぬるんぬるんになっちゃってるぅ……」

美桜は嬌声をあげると、ヒップをくねらせた。

「美桜さんはいやらしいんだから、こんなもんじゃ満足できないんじゃないですか」

「そんな……そんなこと……なぁいっ……」

美桜は肢体を弓のようにしならせる。恥じらう姿が艶っぽい。

勇介は下腹に力を蓄えると、両足を肩幅くらいに広げて踏ん張った。下腹に力を込めたことで、ヴァギナに埋め込んだペニスが上下する。

「んんっ、そんなに膣内《なか》で動かしたら……か、感じすぎて、おかしくなっちゃうっ……」

喉元を反らす美桜の身体をしっかりと抱き締めると、勇介はふんっと息を吐きながら椅子から立ちあがった。

「えっ、えっ、うっ、うそっ……」

串刺し状態の美桜も、つられて立ちあがる。彼女の蜜壺には屹立が根元近くまで埋め込まれている。そう簡単に逃れることなどできるはずがない。

勇介はゆっくりと足を進めた。会議室の壁に向かって少しずつ近づいていく。背後から抱きかかえられた美桜もよちよち歩きで壁ぎわに追い込まれていった。

とうとう美桜は壁に縛りあげられた両手をついた。彼女はお尻を突き出した格好で、勇介に背後から貫《つらぬ》かれている。

「ああんっ、こんなの……立った格好でなんて……」

美桜は両手だけでなく、顔や胸元も壁に預けた格好だ。ずんっ、ずんっと深く突き入れられるたびに、ヒールを履いた足元が危うくなっている。

いやらしい美桜さんは、僕に抜き差しされながらいったいどんな顔をしてるんだろう……？

いやでもそんな疑問が湧きあがってくる。勇介は渾身の力を込めて、ひと際深く挿入するると肉柱をずるりと引き抜いた。

「あっ、ああんっ……」

若々しい抜き差しに酔い痴れていた美桜の唇から、未練がましい吐息がこぼれる。

「今度は正面から挿《い》れるっていうのはどうですか？」

にたりと笑うと、勇介は壁ぎわに追いつめた美桜の身体を半回転させた。まるでジルバのターンを決めるみたいだ。

「あっ、そんな……感じてる顔を見られちゃうっ……」

美桜の表情に戸惑いの色が広がる。若い男の身体を蹂躙したかと思えば、まるで別人のように恥じらってみせる。彼女は初心《うぶ》な乙女のように、視線をすぅーっと彷徨《さまよ》わせた。

「美桜さんもそんな顔をするんですね」

勇介は彼女の首筋に、鼻先をすり寄せた。ほのかな体臭と混ざった香水の匂いは、嗅げば嗅ぐほどに牡としての猛々しさが漲ってくるみたいだ。

勇介は壁ぎわに追いつめた美桜の太腿の付け根目がけて、肉杭をあてがった。膝を使いゆっくりと貫いていく。

「ああっ、はっ、入ってくるっ……オチ×チンが入ってきちゃうっ……」

美桜は整った美貌を歪めると、肩よりも長い髪を振り乱した。

「はぁんっ、旦那とだって……」

「えっ、旦那さんと……？」

「だっ、だって……旦那はぜんぜん構ってくれなくて……ぜんぜんシテなかったから……」

目尻に羞恥の色を浮かべると、美桜は夫婦の秘め事を口にした。彼女は勇介を誘惑したが、いざ挿入という場面では背中を向けた体勢を取った。

それは夫へ対する罪悪感を、少しでも薄めるためだったのかも知れない。そう思うと、なんだかいじらしく思えてしまう。

勇介は美桜の顎先を捉えた。

「ちゃんと僕を見て……」

そう言うと、ゆっくりと唇を重ねた。美桜は最初は遠慮がちにキスに応じていたが、次第に積極的に舌先を絡みつかせてきた。

ちゅっ、ちゅるちゅっ……。会議室の中に舌先を絡ませあう湿った音が響く。それだけではない。

ずちゅっ、ぐぢゅっ……。真正面から向かい合ったまま、下半身をぶつけ合う音もあがる。ふたつの異なる音色が妖艶なハーモニーを奏でる。

「ああんっ、こんな……こんなの……」

美桜の口元から惑乱の喘ぎが洩れる。

「感じちゃうっ、感じちゃうのっ……奥まで響いてるぅ……」

狂おしげに身悶える姿を見ていると、もっともっとよがらせてやりたくなる。勇介は深々と息を吸い込み、両足を踏ん張った。

そのまま壁に背中を預けている彼女の身体の一番奥深いところを目がけて、ぶんと腰を前に前にと突き出す。

「あっ、ああっ……すごいっ……」

美桜は白い喉元を大きくのけ反らせて、感極まった声をあげた。男と女では身長が違う。深々と突きあげられると彼女の足元は不安定になり、つま先立ち状態になる。

「んんっ、こんなにされたら……」

壁に背中を預けた美桜は狂おしげに髪を振り乱すと、スカーフによって繋ぎ留められた両手を勇介の後頭部へと回した。挑みかかる勇介にしがみつくような格好だ。

「こんなふうにされたら？」

「ああん、意地悪なことを言わないでよ。こんなふうにされたら、身体がどんどん熱くなる。オマ×コがどろどろに蕩けちゃいそうよ」

美桜は勇介の首筋にしがみつくと、耳元で切なげに囁いた。

「いいのっ、もっともっとシて。いっぱい感じさせてぇ……」

勇介のペニスを根元まで咥え込みながら、彼女はさらなる喜悦をおねだりする。大人の女の欲深さには舌を巻くばかりだ。

「オチ×チンをいっぱい感じたいの。ああっ……身体がどんどん欲張りになっちゃうみたいっ……」

美桜は人妻とは思えない破廉恥な言葉を口走りながら、肉感的な肢体を揺さぶった。両手首をスカーフで繋ぎ留められているとはいえ、やはり主導権を握っているのはどこまでも強欲な彼女のほうらしい。

「ねえ、わたしの右足を持ちあげてみて」

「右足を？」

「そう、エッチなビデオで見たの。足元が不安定になるから、オマ×コがぎゅんって締まるって……」

美桜は勇介が想像もしないようなことを言い出した。肉感的な美桜の女壺はふっくらとしていてジューシーな感じだ。彼女が言う通り、不安定な体勢になることでさらに締まるとしたら。そんなことを聞いたら、試さずにはいられなくなる。

勇介は左手を彼女の右の太腿の裏側に回すと、一気に引きあげた。美桜の膝の裏側を支え持つ体勢だ。

片足立ちになったことで美桜の下半身に力が入り、しっかりと埋め込んだペニスをむぎゅっ、ぎゅんっと締めつけてくる。

「ああっ、すごいっ……さっきよりも……もっともっと感じちゃうっ……」

「くううっ、チ×コが締めつけられる。キッ、キツすぎるっ……」

たまらず、勇介は低く呻いた。美桜は壁に肢体を預けながら、背筋を弓のようにぎゅんとしならせる。

「きっ、気持ちいいっ……お願いっ、もっともっとよ。もっと気持ちよくしてえっ。ああん、左足も持ちあげて……」

快感をとことん貪りつくそうと、美桜は淫猥なリクエストを口にした。

「だって、そんなことをしたら……」

勇介は戸惑いを口にした。すでに右足は完全に床から浮かんでいる。左足まで持ちあげたら、彼女の身体は完全に宙に浮かぶことになる。

「はあっ、お願いよっ、わたしをめちゃめちゃにして……思いっきり、思いっきり感じさせて欲しいのっ」

美桜はペニスを咥え込んだヒップを揺さぶった。ここまできたら、彼女の願うとおりにするしかない。もともとここでの主導権は勇介ではなく、美桜が握っているのだ。

「うぉううっ……」

勇介は全身に力を漲らせると、美桜の左足を摑むと、高々と抱えあげた。壁に身体を預けているとはいえ、牡柱に彼女の体重がのしかかる。

それによって、これ以上は入らないと思っていたのに、さらに亀頭が彼女の深淵に潜り込んでいく。クチバシのように硬い子宮口を、亀頭でぐぐっと押しあげているみたいだ。

「ああん、すごいっ、身体が、身体が宙に浮かんじゃってるっ……」

美桜は無我夢中という様子で、勇介の身体にしがみついてくる。不安定な体勢どころか、壁があるとはいえ女体を男根ひとつで支えているようなものだ。

秘壺がぎゅりぎゅりとペニスを締めつけてくる。まるで、ふたつの身体がひとつになろうとしているみたいだ。

「ああっ、キツい。チ×コが押し潰されそうだ」

「だっ、だって……気持ちがいいんだもの。きっ、気持ちがよすぎて……身体がこのまま、どこかへ飛んでいっちゃいそうっ……」

勇介の身体に取り縋《すが》ったまま、美桜はペニスをしごくみたいに剝き出しになった桃のような尻を振りたくる。人妻の情念の深さを見せつけられるみたいだ。

「お願いっ、もっともっと感じさせてよ。奥まで突きあげて。身体が飛んでいっちゃうくらいに……オマ×コを思いきり突きあげてえっ……」

美桜の切れ切れの息遣いを首筋に感じる。勇介は獣じみた唸り声を洩らした。締めつけの強さに、快感の波が押し寄せてきている。このままではいつまで持ちこたえられるかわからない。

それまでに髪の毛の先から爪の先まで淫欲に支配された彼女を、絶頂の極みに押しあげなくてはならない。

はあっ、ふうっ……。勇介は荒い呼吸を吐き洩らすと、腰の辺りに力を漲らせた。肉襞をざわつかせながら締めつけてくる美桜だって、最高の瞬間に確実に近づいているはずだ。

ならば、渾身の力を振り絞るだけだ。

「おっ、思いっきりいきますよっ。僕だって我慢できなくなるっ」

「いいわっ、思いっきりきてえーっ。わけがわからなくなるくらいに滅茶苦茶にしてえっ……」

甲高い嬌声は最高の声援《エール》だ。勇介は彼女の身体が宙に舞いあがるほどに、腰を激しく振りたくった。蜜壺の締めつけがいっそう厳しくなる。

「うあっ、もうダメだっ……。でっ、射精《で》るっ、もう我慢できないっ！」

「いいわっ、いっぱい発射《だ》して。思いっきり、わたしの膣内《なか》に発射《だ》して……。ああっ、イクッ……わたしも……イッ、イクゥッ！」

ふたりの口から同時に法悦の声が迸る。その刹那、子宮口を押しあげる亀頭の先端から煮蕩けた樹液が噴きあがった。

ドッ、ドクッ、ドビュンッ……。

肉柱が上下にバウンドしながら、不規則なリズムで白濁液を噴射する。

「あーんっ、いっぱいっ、でてるっ……ああんっ、あったかいの……あったかいのが、オマ×コの中に広がってく……」

樹液の熱さにたじろぐように、美桜は身体をびゅくっ、びゅくんと震わせた。それでも、勇介に必死でしがみついている。

「ああっ、もう踏ん張っていられないっ……」

精液を噴き出すと同時に、全身から力が抜けていく。勇介は美桜の身体を抱きかかえたまま、床の上にずるずるとへたり込んだ。

第四章　眼鏡人妻の二穴ねだり

美桜と関係を持った翌日、彼女の練習相手になるようにと指示をした彩乃からは、

〈お蔭でいいデータが取れたって喜んでいたわ。やっぱり男性向けの製品は男性に試してもらわないと、使用感などがわからないみたいね。今後も色々なお願いをすると思うけれど、協力してくれると助かるわ〉

という社内メールが届いた。

短い業務連絡のメールには、美桜との関係を匂わせる言葉はひと言もなかったことに安堵を覚える。もっとも、したたかさを感じさせる彩乃のことだ。美桜の態度からそれとなく感じ取ったとしても、素知らぬ顔を決め込むだろう。

勇介には美桜とのことよりも気がかりなことがあった。同じ研究開発部に在籍する沙羅のことだ。彼女から誘惑される形で関係を持ってしまったものの、それ以来さりげなく避けられている気がしてならない。

男というのは不思議なもので、避けられていると思うと逆に心を惹かれてしまうものだ。子供の頃に好きな女の子にわざと意地悪をしたりするのと同じように、少し天邪鬼なところがあるのかも知れない。

とはいえ、仕事中に常に沙羅の動向を観察しているわけにもいかない。データ入力などが主なデスクワークとはいえ、やらなければならない仕事は山積しているのだ。

美桜との一件があってからひと月ほど経った頃だろうか。勇介のデスクに設置された内線電話が鳴った。

電話の相手は彩乃だった。

「仕事には慣れたかしら？　そうそう、美桜さんからくれぐれもよろしく伝えておいて欲しいと言われていたの。女性と男性だと肌の質感や顔立ちも違うから、とても参考になったらしくて、それを元に美容部員たちに指導をしているんですって。それでね、またお願いがあるんだけど」

「えっ、お願いって、今度はなんですか？」

彩乃からのお願いと聞いた瞬間、条件反射みたいに鳩尾の辺りがきゅんと締めつけられるような感覚に襲われた。電話の向こうの相手にそれを悟られないように、極めて感情を押し殺した物言いをする。

「もう、いやだわ。そんなに警戒しなくてもいいでしょう？」

受話器の向こう側で、したり顔で囁く彩乃の表情が浮かんでくるみたいだ。

「警戒だなんて……」

勇介は声のトーンを落とした。感情のままに発したなにげない言葉によって、周囲から誤解を招くような真似は避けなくてはならない。

「そんなに身構えないでよ。実はね、男性向けの制汗剤の開発をしている社員から相談を受けたのよ。実際につけた感想を参考にしたいんですって」

「制汗剤って、汗を抑えたりするアレですよね」

「そうよ、さすがに製品のことを勉強しているのかしら。いまどきのユーザーは使用感はもちろんだけど、匂いにも敏感なの。汗を抑えるわけだから、実際につけてみないとわからないことも多いでしょう」

「だからって……」

勇介は口ごもった。僕じゃなくてもいいじゃないですかという抗議めいた言葉が、口をついて出そうになるのを必死で抑える。

「もしかして、僕じゃなくてもいいと思ったんでしょう？　だって、制汗剤なのよ。

汗といったら元気溌剌《はつらつ》とした若者のイメージでしょう。なんといったって、あなたは我が社の中でもダントツの若手の男性社員なんだから」

理路整然と正論をまくし立てる彩乃の口調に、勇介は口ごもってしまった。確かに彩乃の言葉には逆らい難《がた》い説得力がある。これも研修の延長戦のような仕事、ということだろうか。

「わかりました。それで、どうすればいいんですか？」

「嬉しいわ、話の飲み込みが早くて。担当者は大井《おおい》さんという女性なんだけど、なかなか研究熱心で面白い子なの。細かい日時なんかについては、後でメールをさせるわ。それじゃあ、よろしく頼んだわよ」

用件を手短に伝えると、彩乃からの電話はぷつりと切れてしまった。勇介の意向など最初から耳を貸す気はないらしい。そんなところがいかにも彩乃らしい。

彩乃から電話があった翌日、社内メールが届いた。

〈三國課長からご紹介をいただきました。薬品部門の大井紗理奈《さりな》と申します。いま開発しているのは男性向けの制汗剤なのですが、使用感などを試していただきたくご連絡を差し上げました。ご都合のいい日時を教えていただけると幸いです〉

やや堅さが滲む文章から、生真面目そうな女性を連想してしまう。

勇介の仕事は主にデータ入力だが、いまのところは特に急ぎの作業はない。直属の上司に彩乃から仕事を頼まれたとお伺いを立てると、ふたつ返事で引き受けるようにと言われた。

どうやら、三十代半ばにして彩乃は社内ではそれなりの立場と信頼を得ているようだ。

紗理奈の予定に合わせられる旨をメールで伝えると、いまかいまかと待ち構えていたかのように即座に返信が届いた。

〈ご迷惑でなければ、今日の午後三時にお願いできますか？　一号棟の第七会議室に来ていただけますか〉

届いたメールを見て、勇介はふと考え込んだ。就業時間を考えると、もしかすると残業になってしまうかも知れない。しかし、彩乃から協力を要請されている以上、時間をずらして欲しいと願い出るのは躊躇われた。

〈わかりました。それでは、午後三時に指定された会議室に向かいます〉

短いメールを送ると、紗理奈からは丁寧なお礼のメールが返ってきた。几帳面な文章が、その人柄をうかがわせる。

腕時計の針が午後三時を指し示す五分ほど前、勇介は第七会議室のドアをノックした。室内から返事が返ってくる前に、ドアが開く。

ドアの向こうから顔を出したのは、二十代後半だと思われる白衣を着た細身の女だった。やや前さがりのボブにカットした髪の毛は肩よりも少し短めで、切り揃えた前髪がかかる銀縁の眼鏡が印象的だ。

切れ長の瞳とやや薄めの唇。メイクも極めてナチュラルな感じで、どことなく楚々とした雰囲気が漂っている。

「ごめんなさいね。急なお願いをしてしまって。明日の会議の前にどうしても試しておきたくて。三國さんに頼み込んだら、香取さんを紹介してくださったんです」

紗理奈は深々と頭をさげると、勇介を会議室に招き入れた。会議室の中は比較的狭く、テーブルを挟むように椅子が四つ置かれていた。

テーブルの上には、すでに製品化されているものだけでなく、試作品と思われる容器がずらりと並べられていた。

「ひと口に制汗剤っていっても、販売されているものだけでもかなりの数があるんです。昔は無香料のものが流行《はや》ったこともあったけれど、いまは汗の匂いに敏感なお客さまも多いから、新商品が次々と発売されているんです」

「へえ、こんなに種類があるんですか？」

「ええ、でもこの中の大半は女性用なんです。うちは男性向けの製品は女性用と比べると、まだまだ数が少ないのが現状なんです。もっとも女性でも男性でも使えるようなユニセックスな製品もあるんですよ」

紗理奈はテーブルの上に行儀よく並べられた、スプレー缶などを手にしながら説明をした。

「そうなんですか。まだまだ不勉強なものですみません」

「いいえ、自社の製品とはいえ、部門が違うものはわかりませんもの。制汗剤は医薬部外品に分類されるので薬品部門が担当しているんです」

そう言うと、紗理奈は手にしていたスプレー缶を勇介の目の前にかざした。そこには小さな文字で医薬部外品と記されている。

「ああ、本当だ。すみません、本当に勉強不足ですね」

自分の知識不足を恥じるように、勇介はこめかみの辺りを右手の人差し指で掻《か》いた。

「いいえ、協力をしてくださるだけでも本当に有り難いって感謝しているんですよ。では、はじめてもいいですか。まずはそこに座ってもらえますか」

紗理奈はテーブルの前に置かれた椅子に向かって右手を伸ばした。どんなことをするのか皆目見当がつかないが、ここは言われるままにするしかない。

勇介は黙って頷くと、椅子の上に腰をおろした。勇介の左側に並ぶように、紗理奈も椅子に座る。メモを取るためなのだろう。ノートと筆記用具をテーブルの上に載せた。

「それでは、よろしくお願いします」

紗理奈は頭を垂れると、そのまま顔を寄せてきた。

「えっ、ええっ……」

いきなりのことに勇介は声を裏返らせると、近づいてくる紗理奈とは逆の方向に身体を退《ひ》こうとした。

「あっ、すみません。驚かしてしまいましたね。制汗剤をつける前の自然の匂いを知っておかないと、違いがわからないじゃないですか。だから、まずは匂いを嗅がせて欲しくて」

「匂いをですか？」

「ええ、人によって違いはありますが、多かれ少なかれ皆、それぞれの体臭があるんです」

「たっ、体臭ですか？」

改めて体臭を嗅がせてくれと言われて、勇介は面喰った。草食系男子だからというわけではないが、髭などを含めて男としては体毛は濃いほうではない。そのせいか、多少スポーツで汗を流したとしても自分の匂いを特に感じたことはなかった。

年上の女に身体の匂いを嗅がれると思うと、なんとなく気恥ずかしさを覚えてしまう。勇介は椅子の上で身体を強張らせた。

「そんなに緊張しないでください。ヘンな汗をかいちゃいますよ。大丈夫ですよ、すぐに済ませますから」

そう言うと、紗理奈はいっそう身を乗り出し、勇介の首筋の辺りに鼻先を近付けてくる。勇介は身体を硬くするばかりだ。

前傾姿勢を支えるために、紗理奈は目の前のテーブルに両手をついている。その左手の薬指には、細い銀色の指輪が光っていた。

ああっ、紗理奈さんも人妻なんだ……。

そう思った瞬間だった。うなじの辺りにかすかに息が吹きかかるのを感じた。すっ、すうっという軽やかな音を立てながら、紗理奈は勇介の体臭を吸い込んでいる。

「うーんっ、よかったわ。香水の類はなにも付けていないのね。こうでないと本来の匂いがわからないのよ」

紗理奈はうっとりとした声を洩らした。先ほどまでとは、明らかに口調や声のトーンが変わっている。

「ああんっ、いかにも若い男の子って感じの匂いね。んんんっ、たまらないわぁ。今度は耳の裏の辺りを嗅いでもいいかしら？」

「えっ、耳の裏って……」

「耳の裏の辺りが一番体臭が強くわかる場所なの。よく加齢臭なんていうじゃない。それって、この辺りに一番強く出るのよ」

紗理奈は勇介の耳に指先をかけると、顔のほうにと軽く押し倒しながらふんふんと鼻を鳴らした。

「ああっ、やっぱりだわ。ほんの少し甘い感じの匂い。夕方だからちょうどいい感じに匂ってるわぁ」

紗理奈の声が色っぽさを増す。まるで花の匂いに引き寄せられる蝶々のように、首筋から鼻先を離そうとはしない。

それだけではない。吹きかかる息がわずかに乱れているのを感じる。思わず、肩先が上下してしまう。

「あっ、あの……」

勇介は恐る恐るという感じで、夢中で匂いを嗅いでいる紗理奈のほうを振り返った。

「あぁっ、ごめんなさいね。匂いを嗅いでいると、我を忘れちゃうみたいなの。俗にいう匂いフェチって言えばいいのかしら。だって、本当にいい匂いなんだもの。ずっと嗅いでいたくなっちゃうっ……」

甘みのある吐息を洩らしながら、紗理奈は白衣に包まれた肢体をくねらせた。スレンダーな肢体には不釣り合いな量感を見せる胸元が、男の劣情を煽るように左右に揺れる。

「はあっ、たまらないわぁ。だけど、今日の目的は匂いを嗅がせてもらうためだけじゃなかったわ。あんまりいい匂いだから、忘れそうになっちゃったわ。じゃあ、そろそろ本格的にはじめましょうか。もったいないけれど、まずは制汗剤をつける前に匂いを消すわね」

紗理奈は切なそうに呟くと、コットンにアルコールを含ませ首筋や耳の裏の辺りを丁寧に拭き清めた。首筋にひんやりとした感触を感じる。

「まずはシトラス系のさっぱりした香りから確かめさせてね」

テーブルの上に載った試作品のラベルを確かめ、紗理奈は右耳の裏の辺りにシュッと吹きかけた。さらに別の匂いの制汗剤を左耳の裏側にも吹きかける。

「大変だわ、肝心なことを忘れていたじゃない。制汗剤っていうのは汗を抑えたり、匂いを抑えたりするものなんだもの。汗をかいてもらわないと話がはじまらないわ」

大事なことを忘れていたと言わんばかりに、白衣を盛りあげる胸元で手を打ち鳴らすと、紗理奈は部屋のリモコンを手にすると暖房の設定温度をめいっぱいにあげた。

「えっ、そんなことをしたら汗だくになっちゃいますよ」

勇介は慌てたように声をあげた。

「いいのよ、汗だくになってくれなかったら効果がわからないじゃない。ああ、そうだわ。もうひとつ重要なことを忘れていたわ。いま開発中の男性向けの香水があるでしょう。あれの試作品との相性も調べてくれって言われてたんだったわ」

「香水の試作品と？」

「そうよ、香りって組み合わせの善《よ》し悪《あ》しがあるのよ。最近だと柔軟剤を組み合わせて、自分好みの香りを作ったりするでしょう。あれと同じね。組み合わせがいいと、もう腰が砕けちゃうくらいに素敵な香りになるし、組み合わせが悪いと単体ではいいのに、とんでもない悪臭になっちゃうこともあるのよ」

「だからって、わざわざ制汗剤と香水を合わせなくったって……」

「なにを言ってるのよ。女性向けの香水が爆発的にヒットしたんだから、男性向けの香水だってヒットするに決まってるわ。ううん、ヒットしてくれないと困るのよ。だから、一緒につけたときの相性もしっかりと確かめておかないとダメなの。せっかく女性受けする香水をつけているのに、一緒につけた制汗剤のせいで香りが台無しになるなんてあり得ないでしょう」

紗理奈は銀縁の眼鏡の弦《つる》を押さえながら力説する。自ら匂いフェチを公言するだけあって、相当なこだわりがあるみたいだ。

その勢いにはどう頑張ったとしても抗えそうもない。勇介は言いなりになるしかなかった。

紗理奈は試作品の香水のキャップを開けると、鼻先を寄せて匂いを確かめ、自らの左手首にひと吹きした。手首を顔面に近づけ、目を閉じてゆっくりと香りを吸い込む。

「以前にも試作品を嗅いだことがあるけれど、そのときとはずいぶんと印象が変わってるわね」

紗理奈は香水を吹きかけたばかりの左手首を勇介の鼻先に近づけた。試作品の香りを嗅ぐのは三度目だが、確かに毎回少しずつテイストが変化している気がする。

その香りは沙羅が幾つものテスターを並べて試したときに「一番ぐっとくる」と言っていたものに近かったが、ずいぶんと軽い感じに変わっていた。当初のものは少し濃厚すぎて好みがわかれそうだが、これならば万人受けしそうだ。

紗理奈は制汗剤をつけた上から香水を軽くプッシュした。肌の温度によってふたつの匂いが少しずつ混ざっていく。

「大井さん、少し暑すぎませんか？」

閉めきった会議室に設置されたエアコンからは熱風が吹き出している。紗理奈は風量を最強にしているのだろう。それほど広くない会議室の中は、温度が急上昇していた。

「それはそうよ。真夏並みの温度に設定しているだから」

当たり前だというように、紗理奈は笑ってみせた。

「うーん、いい感じだわ。汗ばんでくると余計に匂いが強くなって、なんだかドキドキしちゃうわね」

紗理奈は前のめりになると、勇介の首筋の匂いをふんふんと吸い込んだ。その表情は本当に嬉しそうで、まるで待ちに待ったクリスマスプレゼントの包装紙を開けたばかりの子供のような無邪気ささえ感じられる。

「うーん、でもさすがに暑いわね。あら、もう三十度を超えてるじゃない」

「えっ、嘘でしょう。いくらなんだって……」

確かに、冬場だというのに、じっとしているだけで額に汗がじわりと噴き出してくる。

「はあ、さすがに暑いわね」

紗理奈は汗ばんだ前髪を左手でかきあげた。

「それにしても、本当にいい匂いだわ。香水っていうのは、つけた瞬間からどんどん匂いが変化していくものなの。肌に馴染んでいくっていうのかしら。それに、この香りって不思議だわ。なんだか身体中の細胞がざわざわするみたい」

紗理奈は左手首につけた試作品の香水の匂いを吸い込みながら、小鼻をひくつかせた。

「さぁて、実際に男性につけるとどんな感じになるのかしら。それに、この香水との相性も気になるところだわ」

紗理奈はまぶたを伏せると、二度三度と深呼吸をした。利き酒師は酒を飲まずに吐き出し、水で口の中をゆすぐという。紗理奈の場合は深呼吸をすることで、嗅覚をリセットしているみたいだ。

「額の辺りも汗ばんで、実にいい感じだわ。じゃあ、たっぷりと嗅がせてね」

紗理奈は前傾姿勢になると、勇介の首筋に鼻先を寄せた。勇介の鼓膜に紗理奈の息遣いが響いてくる。

「はあっ、制汗剤だけだといかにも爽やかって感じだけど、この香水と混ざると妙に男性っぽい香りになるのね。そうね、うなじの辺りにずぅんと刺さる感じとでも言えばいいのかしら」

「それって、微妙すぎてよくわかりませんよ」

「上手い言葉が見つからないのよ。でも、けっしてイヤな匂いじゃないことだけは確かだわ」

紗理奈は緩やかに肩よりも短く切り揃えた黒髪を振った。

「いやだ、私まで汗をかいてきちゃった」

「だったら、少しだけ温度をさげませんか？」

「ダメよ、それじゃあ実験にならないじゃない。暑いなら、白衣や制服を脱げばいいのよ」

自らが手本を見せるように立ちあがると、紗理奈は白衣を脱いで空いている椅子の背もたれにかけた。白衣の下は商品開発部の色違いの白い制服だ。

ピンク色だと少し可愛らしい感じがするが、純白の制服はまるで本物の看護師みたいな清潔感が漂っている。

「商品開発部の制服はピンク色だけど、うちは医薬部外品なんかを扱う薬品部だから白なの。制汗剤とかは地肌につける物でしょう。白だと汚れやシミが目立つから、自身の身体につけて確かめるのにちょうどいいのよ」

白い制服を身にまとった紗理奈は、バレリーナのようにするりと一回転してみせた。

はじめて会ったときは銀縁の眼鏡も相まって、少し堅いイメージだったが、いまの紗理奈はテンションがあがっているのか、どことなく茶目っ気を感じさせる。

「さあさあ、暑いんだったら勇介くんも脱ぎなさいよ」

そう言うと、紗理奈は少し強引な感じで勇介が羽織っていた白衣を剝ぎ取った。

「せっかくだから、上半身裸になってもらえないかしら？」

「えっ、脱ぐんですか」

「いま、なんの実験をしているか忘れているんじゃないかしら？　制汗剤っていうのは、本来は腋の下とかにつけるものでしょう」

「まあ、そうですけれど……」

「だったら、やっぱり実際に使う場所につけなきゃ意味がないと思わない？」

「確かにそうですけど……」

「だったら、脱いでよ。男の子なんだから、上半身裸になるくらいどうってことないでしょう」

　一歩間違えればセクハラと騒がれそうな言葉を、紗理奈はあっさりと言ってのけた。

ここまできたら紗理奈の言う通りにするしかなさそうだ。勇介は制服の上着に手をかけると、首から引き抜いた。制服の下には白いインナーシャツを着ている。

「ええと、これも脱ぐんですか？」

「もちろんよ」

　勇介の問いに、紗理奈は当然というように頷いてみせた。

　参ったな。これじゃあ、実験に付き合っているというよりも実験台《モルモット》みたいじゃないか……。

　勇介はやや眉尻をさげると、インナーシャツの裾に手をかけるとそれを脱ぎ捨てた。これで上半身裸になった。

「わあ、いかにも若いって感じ。肌の張りが違うわね」

　銀縁眼鏡の奥の視線が、興味津々というように体躯に絡みついてくる。

「嗅がせて……」

　言うなり、紗理奈は勇介の身体にすり寄ってきた。

「ねえ、お願いがあるの」

「えっ？」

「そのまま両腕を上にあげて欲しいの」

「腕を上にですか？」

訝しく思いながらも、きっぱりと拒絶することも躊躇われる。少なくとも新入社員の勇介にとっては、社内にいるほとんどの人間が先輩に当たるからだ。ましてや、いまここにいるのは彩乃に頼まれたからだ。そう思うと、逆らうことなどできやしなかった。

わずかに眉頭を寄せながら、勇介は両手をゆっくりと上にあげた。まるで万歳をするような格好だ。

「ああ、いいわあ。やっぱり汗ばんでる。最高だわ」

紗理奈は銀縁の眼鏡を外し中腰になると、剝き出しになった腋の下へと顔を近づけてくる。眼鏡を外したのは、邪魔になるからだろう。

彼女はまるで口づけでもするみたいに腋の下目がけて顔を突き出すと、吐き出すことを忘れたみたいに一心不乱に息を吸い込んでいる。いままでとは明らかに嗅ぎかたが違う。

「たまらないわ。男の子の汗の匂いって興奮しちゃうっ」

うわずった声で囁くなり、紗理奈はじわりと汗が滲む腋の下をぺろりと舐めあげた。

「ひあっ……」

あまりにも突然な、かつ想像もしていなかった刺激に勇介は驚嘆の声を洩らすと、痴漢に遭った女の子のように身体をよじった。

「あら、驚かしちゃった。ごめんなさいね。わたしって匂いフェチだから、見ていたら我慢できなくなっちゃって……」

詫びの言葉を口にしながらも、紗理奈は視線を執念ぶかくまとわりつかせてくる。その瞳はどことなくとろんとしている。

「ああ、実験が途中だったわね。せっかく上半身裸になってくれたんだから、左右の腋の下にそれぞれに違う制汗剤をつけてから、香水もスプレーしてみるわね。もう一度両手を上にあげてもらえるかしら」

紗理奈は眼鏡をかけ直すと、今度は毛穴までじっくりと観察するように腋の下に顔を寄せた。実験という言葉を使ってはいるが、明らかに剝き出しになった腕の付け根に好奇心を抱いているのが伝わってくる。

その証拠に汗ばんだ腋の下をアルコールを含んだコットンで拭きながらも、若さが滲む体臭を深呼吸をするみたいに吸い込んでいる。

紗理奈は左右の腋の下をアルコールで拭いた後、それぞれに違う香りの制汗剤をつけ、さらに試作品の香水を吹きかけた。

「ああ、暑いわね。でも、もう少しの間だから辛抱してね。だって汗や体臭と混じらないと匂いの変化がわからないもの」

ひと通りの作業を済ませると、紗理奈は椅子に腰をおろした。エアコンはまだ勢いよく熱風を吹き出しているので、椅子にじっと座っているだけでも全身の毛穴から汗が滲み出してくる。

両耳の裏側と両の腋の下の四か所に制汗剤と香水を塗布している。室温があがればあがるほどに、身体から制汗剤と混ざった香水の匂いが立ち昇ってくる。

制汗剤自体はそれほど強い香りではないが四種類の制汗剤が入り混じっているので、室内に漂う香りは複雑かつ濃厚なものになっていた。室温が上昇するほどに、その匂いが強く感じられる。

紗理奈は目を閉じて、顔を左右に振りながら室内に立ち込める匂いを制服の胸元が上下するほど深々と吸い込んでいる。

「んっ、んーんっ……」

ときおり、口元から喘ぎにも似た艶っぽい声が洩れてくる。その声を聞いているだけで、勇介も悩ましい感情がふつふつと湧きあがってくるのを覚えてしまう。

ふたりの間には会話はなかった。それが余計に室内を淫靡な空間に変えていくみたいだ。沈黙が時計の針が進むのをますます遅く感じさせる。勇介は汗ばんだ額を指先で拭うと、さりげなく制服のズボンになすりつけた。

「ふふっ、男の子ってハンカチとか持っていないのよね」

目ざとい紗理奈は勇介の仕草に、制服のポケットからハンカチを取り出すと手渡した。いかにも年上の女らしい気遣いだ。

腋の下に制汗剤と香水を塗布してから十五分ほどが過ぎた。制汗剤をつけているとはいえ、完全に汗が噴き出すのを止めるわけではない。じわじわと汗が滲んでくるのを覚える。

紗理奈は壁にかかった時計を見やった。

「本当に暑いわね。もういい頃合いかしら。さあ、どこから確認しようかしら。まずはやっぱり耳の後ろからね。腋の下はお楽しみとして取っておかなくちゃ」

まるで、テーブルの上にずらりと並べられた料理を選ぶみたいに、紗理奈は嬉しそうに目を細めた。

すっと立ちあがると、彼女は勇介の背後に回り込み首筋に鼻先を近づける。

「はぁんっ、いいわあ。制汗剤だけをつけるよりもぐっとくるわね。なんだか嗅いでいるだけで、身体の奥が熱くなっちゃうみたいっ……」

さらに逆側の耳の辺りにも鼻先を寄せる。

「ああっ、こっちもいいわね。甲乙つけがたいって感じだわ。耳の後ろだけでもこんなにいい匂いなんだもの。んんっ、腋の下の匂いを想像しただけで、ぞくぞくしてくるわぁ」

白い制服に身を包んだ紗理奈は、悩ましげに肢体をくねらせた。

「じゃあ、次はいよいよお楽しみの腋の下よ。確かめるから、椅子から立ちあがってもう一度両腕をあげて」

「ええと、結構汗をかいてるんですけど……」

汗ばんだ部分を観察されると思うと、気恥ずかしさが込みあげている。

「いまさらなにを言っているのよ。そのための実験じゃない。さあ、早くぅ」

急かすように言う紗理奈の熱い眼差しには、実験の成果を確かめたいという純粋な感情だけではないなにかを感じる。

勇介はまるで拳銃でも突きつけられているかのように、おずおずと両手をあげた。まるで、降参の合図をしているような心持ちになってしまう。

「そうそう、いい感じよ。軽く両手をあげただけで、ここまで香りが漂ってくるわ」

紗理奈はうっとりとした声を洩らした。湿り気を帯びた腋の下に視線を感じると、ますます毛穴から汗が滲んでくる。

万歳の体勢を取る勇介の左腕の付け根目がけて、紗理奈は前傾姿勢で迫ってくる。いまにも鼻先が縮れた毛につきそうな至近距離だ。

「はあっ、やっぱりいいわ。男の人の汗の匂いって最高のフェロモンって感じ。それだけじゃないわ。制汗剤や香水と混ざると、なんとも言えないって感じがしちゃう」

紗理奈は鼻先を左右に揺さぶりながら、若牡の体臭を胸の底深く吸い込んでいる。

「さあ、次で最後よ。わたしが一番いいと思ってる制汗剤の匂いとミックスされると、どうなるのかしら？」

かすかに呼吸を乱しながら、紗理奈は右の腋の下に鼻先をあてがった。

「ああっ、すっごい。子宮の辺りにずきずきと響く感じだわ。まともに立っていられなくなっちゃうっ」

天井を仰ぎ見るように胸元を突き出すと、紗理奈はよろけるように勇介に抱きついてきた。

「だっ、大丈夫ですか？」

「んーっ、大丈夫じゃないかも……」

勇介に抱きついたまま、紗理奈は眼鏡を外すとテーブルの上に置いた。年下の男の肌の質感を味わうように頬をすり寄せてくる。さらさらとした黒髪から、かすかにシャンプーの残り香が香ってくる。

「身体が火照っちゃって、こんなの着ていられなくなっちゃう……」

眼鏡を外した紗理奈の視線が勇介を捉える。眼鏡をかけているときと、外したときとでは全く印象が違う。

白衣を羽織り眼鏡をかけていたときは理科の実験室にいる女教師みたいだが、白いナース風の制服だけになるとエッチな看護師さんという雰囲気になる。女は服装で全くイメージが変わるというが、まさにそんな感じだ。

紗理奈の指先が制服の襟元のファスナーへと伸びる。ジィーッという鈍い音を立ててファスナーを引きおろすと、スレンダーな肢体をくねくねとさせながら袖口から両腕を引き抜いていく。

左右にはだけた制服の胸元から現れたのは、白いブラジャーだった。カップには同系色で豪奢な刺繍《ししゅう》がたっぷりとあしらわれている。見るからに凝ったデザインだ。

彼女は勇介の視線を挑発するように、女体をなよやかに揺さぶりながら制服を脱ぎおろしていく。

「あっ……」

勇介の口元から短い驚きの声が洩れる。くびれたウエストから女らしいシルエットを描く下半身を包んでいるのはパンティストッキングではなかった。

余分な贅肉《ぜいにく》がついていないウエストを一周するようにレース生地のガーターベルトが装着され、サスペンダーから伸びる留め具によってやや白っぽいストッキングが吊りさげられている。

雑誌のグラビアなどでは見たことはあるが、本物の、ましてや人妻が身にまとっているのを目の当《ま》《あ》たりにしたのははじめてのことだ。

「えっ、ええと……」

勇介は胸元を上下させながら、口ごもってしまった。ガーターベルトが似合う細身の体形をしているのに、白いブラジャーで覆い隠された胸元のふくらみは見事なものだ。

おそらくDカップはあるだろう。うっすらとあばら骨が浮いて見えるほど華奢な身体つきをしているので、余計に乳房のふくらみが強調されている。

彼女はどうと言わんばかりに、こんもりとした稜線を描く乳房の谷間を見せつけた。

「はあっ、香水の匂いにノックアウトされちゃったっていうのかしら。膝に力が入らなくて……」

「えっ、ああ、どうしたら……？」

「そうね、そこの椅子に座ってくれるかしら」

「椅子にですか……？」

「そうよ、まさかわたしをこのままずっと立たせておくつもり」

切れ長の瞳が勇介を射止める。勇介は言われるままに、椅子に腰をおろした。紗理奈は勇介が腰かけた椅子の前に膝をつくと、甘えるように膝の辺りや太腿に抱きついてきた。

ただでさえ室温を目いっぱいにあげた室内だ。衣服越しとはいえ、紗理奈の温もりが生々しく伝わってくる。

「あーんっ、もっともっと匂いを嗅ぎたくなっちゃうっ」

紗理奈は熱い視線を投げかけると、椅子に腰をおろした勇介の制服のズボンに手をかけた。ベルトをやや荒っぽいタッチで外し、ファスナーを引き下げ、ズボンをずるずると足首の辺りまで引きずりおろす。

勇介の下半身を覆い隠しているのは、チェック柄のトランクスだけになる。紗理奈は右手を伸ばすと、不自然に盛りあがったトランクスの前合わせをゆるゆると撫で回した。チェック柄のトランクスに小さなシミが浮かびあがってくる。

「あっ、エッチなお汁が溢れてきたわ」

シミを発見するなり、紗理奈はその辺りに狙いを定めてねちっこく撫でさする。直線的に指先をしゅっ、しゅっとリズミカルに動かしたかと思うと、今度は楕円形を描くみたいにゆっくりとこねくり回す。

その動きは予想がつかない。勇介は息を凝らして、妖しげな指使いを見つめるばかりだ。トランクスに浮かびあがった小さな水玉模様がじわりじわりと広がっていく。

紗理奈は糸を引くような先走りの液体を人差し指の先につけると、まるで味見をするみたいに舌先でちろりと舐めてみせた。

「んーっ、すっごくいやらしい味がするわ。どんどん身体が熱くなっちゃうっ」

紗理奈は舌先の上で牡汁を舐め転がしながら、スレンダーな肢体をくねらせた。ガーターベルトから伸びるサスペンダーが、ショーツの下に通っているのがわかる。

「紗理奈さんだって、すごくスケベな格好ですよ。まさか制服の下にガーターベルトをつけているなんて思いませんよ」

「だって皆同じ制服を着ているのよ。個性がないじゃない。だから、せめて下着くらいは凝りたいと思って……」

紗理奈はヒップラインをひけらかすみたいに、わざとショーツに包まれた形のいい尻を突き出してみせる。挑発的な仕草に、トランクスの中のペニスがひゅくんと上下する。

「紗理奈さん、エロすぎますよ」

「あら、いやらしい女は嫌い？　女は皆エッチな生き物よ。エッチが嫌いだなんて女は、エッチの気持ちよさを知らないだけだわ」

紗理奈は開き直るように言うと、口角をきゅっとあげて笑ってみせた。どきりとしてしまうような色香を感じさせる表情。

「もっともっとエッチな匂いを楽しみたくなっちゃうっ」

意味深な言葉を口にするなり、紗理奈はトランクスの上からじっとりとした牡汁を舐めあげた。

「あーん、いいわあ。いかにも若いフェロモンがむんむんって感じだわ。我慢できなくなっちゃうっ……」

ボブカットの髪の毛を揺らすと、床の上に膝をついた紗理奈は勇介の下半身を包むトランクスの上縁を両手で摑んだ。

その眼差しは熱を持ったようにとろみを帯びている。そのまま少々強引な感じで、フェロモン臭が漂うトランクスをずるずるとひきずりおろそうとする。

強引に跳ねのければ、この場から逃げることだってできるだろう。しかし、ガーターベルトに身を包んだ人妻の姿を目の当たりにしてはそんな思いは消し飛んでしまう。勇介はわずかに椅子から腰を浮かせて、トランクスの引きおろしに協力をする。

「ああっ、こんなに硬くしちゃってっ……」

紗理奈の唇から嬉しそうな声があがる。下半身に生い茂る草むらからにょっきりと突き出した男根を紗理奈は食い入るように見つめている。

シャワーさえ浴びていないペニスに顔を近づけると、紗理奈はまぶたを伏せて若々しい性臭を貪るように吸い込んでいる。鼻先に恥毛が触れることさえ少しも気にせず、むしろ毛穴から発せられる匂いさえも楽しんでいるように思える。

「はあ、こんなにぬるぬるにしちゃって。勇介くんも興奮しているのね」

ブラジャーに包まれた乳房を弾ませると、紗理奈は唇を大きく開き、ぬめ光る亀頭をぱっくりと咥え込んだ。ペニスに手を添えることさえせず、首を左右に振りながらあぐあぐと口内粘膜を密着させてくる。

「んあっ、気持ちいいっ……」

勇介の口からうわずった声が洩れる。頬の内側の柔らかい粘膜が、肉幹にべったりと吸いついてくるみたいだ。その生温かさと心地よさは、オナニーの比ではなかった。

それだけではない。しっとりとした口内粘膜だけでなく、ぬめっとした舌先を裏筋の辺りに張りつけて、緩やかに刺激してくる。

人妻の口唇奉仕に、勇介は椅子から尻が浮かびあがるような快感を覚えた。紗理奈は鈴口から噴き出すカウパー氏腺液を、ときおりわざと派手な音を立てるようにすりあげる。

ずずぅっ、ぢゅるるっ……。卑猥極まりない音に、胃の腑の辺りを鷲摑みにされるような感情が湧きあがってくる。

ねちっこいタッチのフェラチオに、亀頭からは濃度の濃い牡汁が噴き出してくる。まるで一滴も逃すまいとばかりに、紗理奈は獲物に喰らいついた牝獣みたいにペニスを頬張っていた。

さらに左右の指先で宝玉を摑むみたいに、淫嚢を下から支えるように持つと、やんわりと指先を食い込ませてくる。ペニスを舐め回されるのとは異なる快感が、玉袋の辺りを支配する。

このままでは、辛抱ができなくなってしまいそうだ。椅子に腰をかけた勇介は拳をぎゅっと握りしめた。防戦一方では男として情けなくなってしまうが、背筋を這いあがってくる快感を堪えるだけで精いっぱいだ。

勇介は背筋を反らすと、快感を封じ込めるみたいに顎先を突き出した。深く浅くと息を繋ぎ、乱れる息を整え、むしゃぶりつく紗理奈から逃れるように、わずかに椅子の上で後ずさりをした。

前傾姿勢になった紗理奈の口元から銀色に光る糸を引きながら、ペニスがずるりと抜け落ちる。暴発寸前まで追い込まれていた肉柱はこれでもかとばかりにぎゅんとふん反り返っている。

「あーんっ、オチ×チンから出てくるお汁を味わってたのにぃ……」

紗理奈の口元から未練がましい声が洩れる。

「そんなことを言われたって、そんなに猛烈にしゃぶられたら射精《で》ちゃいますよ」

勇介は尻穴を力を込めて、玉袋がぎゅんとせりあがるような射精感を抑え込んだ。威きり勃ったペニスが自己主張をするみたいに上下にひくつく。

「ああっ、オチ×チンが……オチ×チンがぁ……」

紗理奈の瞳にぎらついた輝きが宿る。

「もう、案外意地悪なのね」

紗理奈はゆっくりと立ちあがると、背中に手を回してブラジャーのホックを外した。細身の身体には相応しくない、ボリュームに満ちたお椀形の双乳が露わになる。やや濃いめのピンク色の乳輪や乳首が性的な昂ぶりに、きゅんと尖り立っている。

「彩乃先輩には大きさでは負けちゃうけど、なかなかだと思わない？」

紗理奈は作りたてのプリンのように蠱惑的に揺れ動く乳房を、誇らしげに突き出してみせた。この部屋の中に充満する淫靡な香りに昂ぶっているようだ。

ブラジャーとお揃いのショーツのフロント部分には、女丘に茂る縮れた毛がうっすらと透けて見える。酸味を帯びた甘ったるい芳香が漂ってくるのは、ショーツの底の部分からに違いなかった。

「見られると思うと、お股が熱くなっちゃうぅっ……」

紗理奈はしなを作ると、ショーツに手をかけた。ガーターベルトの上からショーツを穿いているので、ガーターベルトを外さなくてもショーツだけをおろすことができる。

細身の身体だけあってショーツを脱ぐと、骨盤の形をなんとなく察することができる。肉が薄めの女丘は地肌が覆い隠れるほどに、黒々とした草むらが密生している。サイドなどをカットしていない逆三角形の草むらは、極めてナチュラルな感じだ。

こんもりと生い繁《おしげ》った恥毛は、まるで性欲の強さを如実に表しているみたいに思える。ウエストにはガーターベルトを巻き、太腿の中ほどまでを包むストッキングを吊り下げている格好は全裸よりもはるかにエロティックだ。

「なんだか恥ずかしいわ」

紗理奈は右手で胸元を、左手で草むらを隠そうとした。恥じらいのポーズを取ってはいるが、本気で隠そうとしているようには思えない。その証拠に挑発的な視線を勇介に投げかけてくる。

「そんなに見つめられると、余計に感じちゃうわ」

紗理奈は左の二の腕に回した右手に力を込め、乳房のふくらみをわざと強調してみせる。細身の肢体には不釣り合いなほど、くっきりとした谷間を刻むふたつの丘陵は見るからに柔らかそうだ。

「ああん、見られているだけで……溢れてきちゃいそうっ……」

うなじの辺りを直撃するような刺激的な言葉を口にしながら、紗理奈は濃いめの草むらを指先でまさぐっている。

「はぁんっ、お毛々の辺りまで湿っぽくなっちゃってるっ……」

紗理奈はガーターベルトを巻いた細いウエストをくねらせた。ヒップラインが揺れるのに合わせるように、ガーターベルトから伸びるサスペンダーがわずかに浮かびあがるさまが絶妙にセクシーだ。

「見られてるとどんどんお股が熱くなっちゃう。はあっ、恥ずかしいのに……見られたくなるのぉっ……」

「紗理奈さんって本当にドスケベなんですね」

「だって、興奮しちゃってるの。いったい、どうしちゃったのかしら。こんなに身体が火照っちゃうだなんて……自分でも信じられない……でも、でもどうしようもないくらいに身体が欲張りになっちゃってるの……」

紗理奈の左手の指先が女丘の奥に潜む切れ込みに忍び込む。縮れた草むらの中に隠れた細い指先が卑猥な妄想をかき立てる。薬指に嵌めた細い指輪が、彼女が人妻だという事実をなによりも雄弁に物語っていた。

「はあっ、このままだとおかしくなっちゃいそう……恥ずかしいのに、恥ずかしくてたまらないのに、もっともっと見られたくなってきて……」

黒々とした草むらに指先を食い込ませたまま、紗理奈はもどかしげに肢体を揺さぶった。遠慮がちに動く指先を見ているだけでも、くちゅくちゅという淫らな音が聞こえてきそうだ。

「もうダメッ……我慢できない……このままじゃ、どうにかなっちゃいそう……」

喉の奥から絞り出すような声をあげると、紗理奈は勇介が腰をおろした椅子の手前に置かれた木製のテーブルに両手をかけた。

ガーターベルトとストッキングしかつけていない彼女は、まるで新体操の選手みたいにつま先立ちになり、身体をしならせながら木製のテーブルの上によじ登った。

突然の彼女の行動に、勇介は言葉を失った。

「はあっ、ねえ、見てえっ、見られたくてたまらないの……」

紗理奈は顔を一瞬引き攣らせた。しかし、それはほんのわずかな間だった。欲情に逸る彼女には恥ずかしさよりも、肉の悦びのほうが遥かに重要なようだ。

勇介は瞬きをすることさえ忘れ、目の前のテーブルの上に腰をおろした紗理奈の肢体に視線を奪われた。眼鏡をかけているときには少し近寄りがたく思えた彼女と、いまガーターベルトとストッキングしか着けていない彼女は同一人物とは思えない。

「そんなに見つめられたら……あそこが……おかしくなっちゃうっ……」

頬をうっすらと染めあげながら、紗理奈はテーブルの上に足の裏をついてM字開脚のポーズを取った。食い入るように見つめる勇介の目の前に、なにひとつ着けていない太腿の付け根が露わになる。

そこはすでにしっとりとした、夜露のような潤みを孕んでいた。控えめなネイルで彩られた指先が、秘密の花園へと伸びる。

「ああん、見られちゃうっ……」

恥辱《ちじょく》の声を洩らしながら、紗理奈は左右の指先で女の切れ込みを左右にぱっくりと割り広げた。恥毛が密生した女丘と同じように、大淫唇もやや縮れた毛で覆われている。

黒々とした陰毛とウエストに食い込む白いガーターベルトのギャップがたまらない。勇介は知らず知らずのうちに、身体が前のめりになるのを覚えた。

紗理奈の指先は大淫唇を左右に寛《くつろ》げるだけではなかった。その中に潜む淫情で、肉の厚さを増した花びらをそっとなぞりあげる。

指先で悪戯をしたことで花びらが綻び、そこからとろとろの甘蜜が溢れ出してくる。室内に漂う牝のフェロモンの匂いが一気に強くなる。

勇介の体躯から漂う香水と混ざったことで、それはいっそう身体の芯を熱く燃えあがらせるような匂いに変化していく。

「見てえっ、どんどんオツユが溢れてきちゃう。わかるでしょう。こんなに感じてるの、感じちゃってるの……欲しくてたまらない……オチ×チンが欲しくてたまらないのよっ……」

紗理奈は肉体的な渇きを訴えるみたいに、割り広げた花弁の中に右手の人差し指を挿し入れてかき回す。さらに薄皮から顔をのぞかせた肉蕾を、左手の中指でゆるゆるとこすりあげている。

くちゅっ、ぢゅくっ……。

彼女の指先の動きに合わせ、脳髄にダイレクトに響くような淫猥な音があがる。花壺から溢れ出した甘蜜によって、テーブルの上にはとろみのある液溜まりが形づくられていた。

手をわずかに伸ばせば届くほどの至近距離で、こんなにも破廉恥なシーンを見せつけられているのだ。勇介の下半身だって冷静でいられるはずがない。

紗理奈が嬉しそうに舐めしゃぶったペニスは、肉幹に無数の青黒い血管が浮かびあがっていた。唾液にまみれていた亀頭も鈴口からとめどなく溢れ出す牡汁によって、裏筋までぬらぬらとぬめ光っている。

「ああんっ、見られてるだけじゃ我慢できないっ……その硬いのが欲しいのぉ……ぬるぬるになってるオマ×コの中に突っ込んで欲しくってたまらなくなっちゃうっ……」

紗理奈は駄々っ子のように黒髪を振り乱した。うっすらと汗ばんだ額や頬に、黒髪が張りつくさまが劣情の炎を煽り立てる。

「このままお預けなんて……耐えられっこないわ……ねえ、いいでしょう？　欲しいのよ……欲しくて欲しくて……このままじゃどうにかなっちゃうわ……」

湧きあがる女としての切なさを表すように、紗理奈は蜜液で濡れた左の指先で乳房を鷲掴みにすると、見せつけるように荒っぽいタッチでまさぐってみせる。

はあっ、こんなの……ヤバいって……マジでエロすぎるよっ……。

勇介も厚くはない胸板を上下させた。卑猥すぎる人妻のオナニーショーは、二十三歳の草食系男子には刺激が強すぎる。

勇介は無意識の内に若々しさを漲らせた肉柱を右手でしっかりと握り締め、じゅごじゅこと荒っぽくしごきあげていた。

鈴口から噴き出す粘り気の強い牡汁を裏筋の辺りになすりつけながら、右手を上下させると蟻《あり》の門渡《とわた》りの辺りがきゅんと痺れるような快感が襲ってくる。

「うっ、ああっ……」

勇介はくぐもった声を洩らした。このままでは自ら指先によって、暴発してしまいそうだ。

「ああんっ……もうっ、なにをやってるのよ……ダメよぉっ、勝手にイッちゃったりしたら……そんなの……許さないんだからぁ……」

テーブルの上で淫らなひとり遊びに熱中していた紗理奈が癇癪《かんしゃく》めいた声をあげると、よろけそうになりながらテーブルから飛び降りてきた。

「ああんっ、これが欲しくてたまらないのよ……、ああんっ、早くぅ……わたしの膣《な》内《か》に挿れて欲しいのっ……」

紗理奈は露わになった美乳を弾ませながら、椅子の上に腰をかけた勇介の上に跨ってきた。勇介と正面から向かい合う格好だ。

剝き出しになった性器同士が、ぬるついた粘液によってずるずるとこすれ合う。

「ああっ、いいっ……硬いのでこすられるだけで……アソコが痺れるみたいっ……」

悩乱の声を迸らせながら、勇介の太腿に跨った紗理奈は円を描くようにヒップを揺さぶる。まるで若々しい滾りの感触を、蜜まみれの花びらやクリトリスで味わっているみたいだ。

「はあっ、気持ちいいっ……もっともっと気持ちよくなりたいっ……」

紗理奈は勇介の背中に手を回すと、首筋に頬をすり寄せながら漂う香水の匂いを吸い込んだ。

「ああっ、不思議だわ……この匂いを嗅ぐと……余計に身体が燃えちゃうの……こんなのって……はじめてだわ……」

勇介の身体にぎゅっとしがみついた紗理奈は完熟したヒップをわずかにあげた。ヒップを小刻みに振り動かして、充血しきった花弁の合わせ目に息づく蜜壺の入り口に亀頭を押し当てる。

それでもなかなか咥え込もうとはしない。亀頭が花びらをじわじわと押し広げる感触を楽しんでいるみたいだ。

「そんなに焦らさないでくださいよ」

「だって……ずっと欲しかったんだもの。じっくりと味わいたいじゃないっ……」

勇介の体躯から漂う香りを吸い込みながら、紗理奈はしなやかに肢体をくねらせる。

ぢゅるっ、ぢゅるぶっ……。

水分を孕んだ音を立てながら、とろっとろにこなれきった蜜壺がゆっくりとペニスを飲み込んでいく。

「ああっ、あったかい……ぐちゅぐちゅのにゅるんにゅるんで……ああっ、オマ×コの中が熱いくらいだっ……」

その言葉に偽りはなかった。待ち焦がれていた肉柱を受け入れたヴァギナは膣壁をざわざわと波打たせ、執念ぶかさを見せるように絡みついてくる。まるで肉襞のひとつひとつに意志があるかのようだ。

「いいっ、すごく硬いのっ……お腹の奥どころか、頭のてっぺんまでずこずこ響くみたいっ……」

紗理奈は勇介の首筋で鼻先を鳴らすと、快感を噛み締めるように耳たぶにかぷりと前歯を立てた。

「この香水って不思議だわ。どんどん匂いが変化していくみたい……この香りを嗅いでいると……ものすごくエッチな気分になっちゃうのっ……」

勇介に対面座位の格好で跨ったまま、紗理奈は切ない喘ぎを洩らし続ける。勇介の首筋に両手を回し、大きく背筋をしならせるとわずかに挿入角度が変化する。

「ああっ、これもいいわ。こうすると、オマ×コの上のほうをずりずりこすりあげられるみたいっ……」

紗理奈は腰を小刻みにうねらせながら蜜壺のありとあらゆる部分で、突き入れられたペニスを感じようとしているみたいだ。

彼女がわずかにヒップを揺さぶるだけで、煮蕩けた肉襞がペニスに嬉しそうにまとわりついてくる。人妻の強欲さを感じずにはいられない。

「ああっ、そんなに締めつけてきたら……」

勇介はかすかに喉を鳴らした。暖房の設定温度をあげた部屋にいるのだ。喉の渇きを覚えずにはいられない。

「はぁんっ、感じちゃうっ……すごく硬いんだもの。それにかっ、角度が……すっごいの……おっ、奥まで刺さってるっ……」

言うなり、我慢できないというみたいに紗理奈は唇を重ねてきた。まるで恋人同士の睦《むつ》み合いのように、互いの唇をやんわりと挟むようなキスを繰り返す。

舌先をねっちりと絡みつかせると、やや甘ったるい匂いが強くなった唾液をすすり合う。新鮮な刺激に、しっかりと咥え込まれた怒張が女花の中でびくびくと蠢くたびに、紗理奈の声が切羽詰まったものに変わっていく。

「はあっ、いいっ……このまま勇介くんの匂いを思いっきり嗅ぎながら……イッ、イキたいっ……ねえ、思いっきり下から突きあげてよっ」

勇介の首筋に鼻先を寄せ哀願する紗理奈の媚壺が、きゅうきゅうんとかすかな収縮を見せはじめる。まるでヴァギナ全体を使って、ペニスをしごきあげているみたいだ。

「んっ、んあっ、ダメだって……そんなにキツく締めつけたら……」

勇介は苦悶にも似た喘ぎを洩らした。紗理奈の太腿に密着している淫嚢が、下腹のほうに引きずり込まれるみたいにせりあがるのを感じる。絶頂が近付いている証《あかし》だ。

「ああっ、もう……我慢できなくなるっ……」

「いいわっ、わたしもヘンになっちゃうっ……。突き抜けちゃうくらいに思いっきりして……はっ、激しく、オマ×コをかき乱してえっ……」

紗理奈の声に、勇介は椅子から腰が浮きあがるくらいに下半身を跳ねあげた。スレンダーな紗理奈は咥え込んだペニスを逃すまいと、必死にしがみついてくる。

「ああっ、いいわっ……身体の芯からびりびりくるっ……ああんっ、イクっ、イッちゃうっ……イッちゃうーっ！」

無我夢中というさまで、紗理奈が背筋を背筋を弓のようにしならせた。絶頂を迎えたクリトリスが脈動を刻み、大淫唇が妖しいひくつきを見せる。ペニスを深々と飲み込んだ蜜壺が、ペニスを引きずり込むような蠕動《ぜんどう》運動を繰り返す。

「うあっ、こっ……これは……ひあっ……」

たまらず、勇介もうわずった声をあげた。堪えに堪えてはいたが、すでに限界点はとうに過ぎていた。

ドッ、ドクッ、ドクッ、ビュビュッ……。

まるで限界まで水を注入した水風船の先から一気に水が溢れ出すみたいに、亀頭の先端からすさまじい勢いで樹液が噴きあがる。

「んんんっ、ああっ、でっ、射精《で》るぅっ……！」

勇介は紗理奈のヒップを両腕でしっかりと抱え込みながら、不規則なリズムで尿道を一気に駆けあがる白濁液を撃ち込んだ。

「ああんっ、いっぱい発射《だ》したのに、まだまだ硬いのね。若いって素敵だわ」

勇介に縋《すが》りついていた紗理奈は顔をあげると、うっとりとした声を洩らした。彼女の言葉どおり、蜜壺にたっぷりと乱射したというのに、ペニスは萎《しお》れる気配はなかった。

「今日はヘンなの。あんなに感じたのに、まだまだ欲しくなっちゃうの……。いったい、どうしちゃったっていうのかしら。でも欲しくて欲しくてたまらないの。ねえ、いいでしょう？」

紗理奈はしなをつくると唇を重ねてきた。年上の人妻は男がどうすれば、その気になるのかを熟知しているらしい。

「ねえ、お願いがあるの。今度は後ろからして欲しいの」

「えっ、後ろからって？」

「もう、後ろからって言ったら後ろでしょう……」

紗理奈は大きく息を吸い込むと、勇介の膝からおりて、テーブルに両手をついた。牡の視線を煽るように、きゅんとあがった形のよいヒップを突き出す。

ついさっきまでペニスを咥え込んでいた女の切れ込みは鬱血し、肉の色を増している。まるで脂《あぶら》の乗りきった特上のカルビを連想させるような色合いだ。

花びらの隙間からは、勇介が吐き出した白濁液がじわりと滲み出している。

「ねえ、お願い。後ろからシテ……」

勇介のほうを振り返りながら、紗理奈は半開きの唇から悩ましげな吐息を洩らした。若牡を誘うように揺さぶるヒップを見ているだけで、濃厚なミルクをたっぷりと放出したばかりだというのに、牡柱がぐんっと弾みあがる。

紗理奈の背後に回り込むと、勇介は小ぶりだがぷりっとした臀部をがっちりと掴んだ。ついさっきまでヴァギナに取り込まれていた牡杭は、濡れたような輝きを放っている。

勇介は両手に力を込めると、尻の割れ目を大きく割り広げた。すっかり綻びきった肉の花びらの上には、ちゅんと口をすぼめたような放射状の肉皺が見える。それはカトレアの花のように複雑に入り組んだ女淫とは違い、とてもシンプルに思えた。

腰の辺りに力を漲らせると、勇介は隆々と宙を仰ぐ肉柱を花びらのあわいに押し当てた。

「あーんっ、違うのぉ……そっちじゃなくて、違うほうに挿れて欲しいの……」

「違うほうって……？」

「もうっ、オマ×コじゃなくて、お・し・りの穴に挿れて欲しいのよ」

「えっ……」

思いもよらない紗理奈の言葉に、勇介は驚きの声をあげた。

「そんなに驚くようなことじゃないでしょう。オマ×コはもちろん気持ちがいいんだけど、お尻の穴だって別の気持ちよさがあるのよ」

驚きを隠せない勇介に、紗理奈はなんでもないことのように言ってのけた。勇介が思っているよりも人妻というのは、はるかに大胆で己の欲望に従順らしい。

「あーんっ、早くぅ……」

紗理奈は物欲しげに尻を振って、若牡を誘った。菊の花を連想させるような可憐なすぼみが、とても勃起したペニスを受け入れられるようには思えない。

しかし、これは他でもない紗理奈自身の望みなのだ。勇介は狙いを花びらの隙間から可憐な菊座へと変更すると、亀頭をぐっと押し当てた。

むにゅっ、むぎゅっ……。愛らしいすぼまりは、侵入者を拒むようにその身を頑なにしている。

「大丈夫よ。愛液でぬるぬるになっているんだもの。ローションを塗っているのと変わらないわ」

紗理奈の声が勇介に勇気を与える。そのまま亀頭に意識を集中させると、肉皺の中心を押し広げるように少しずつこじ入れていく。

締めつけが強いのは入り口付近だけで、いざ入ってしまうと膣壁とは違う、ふんわりとした感じの腸壁が怒張を柔らかく包み込む。

「ああんっ、入っちゃったぁ……。なんだかお尻の穴でしてると、すっごくいやらしいことをしている気持ちになっちゃうの……」

テーブルに両手をついた紗理奈は、切なげな吐息を洩らした。それはツラさを訴えるものではなく、背徳感に酔い痴れているような鼻にかかった声だ。

「くうっ、なんていうんだろう。オマ×コとはぜんぜん感じが違うっ……」

普通とは違うことをしているという感覚が、勇介を昂ぶらせる。屹立を咥え込んだ肉皺はしなやかさを見せてはいるが、本来はとても男のモノを受けられるとは思えない。

「なんだかすっごくイケないことをしている気分になるわっ……。はあんっ、普通はこんなことしないでしょう……」

紗理奈は背筋をしならせた。ぎゅうんっと肛門括約筋の締めつけが強くなる。紗理奈の言うとおり、愛液がローションの代わりになっているみたいだ。勇介は少しずつストロークをはじめた。

「はあっ、動いているのがすっごくわかるっ……なんだか変態っぽくて……興奮しちゃうぅっ……」

背後から突き入れる勇介の腰使いに合わせ、紗理奈も肢体を前後させる。

「本当だよ。なんかヤバイよ。ヤッちゃイケないことをしてる気分になるっ」

人妻とセックスをしているだけでも大変なことだというのに、そんな行為をしているのは社内の一角にある会議室なのだ。ましてや、突き入れているのが蜜壺ではなくて、アヌスだとなれば背徳感は何十倍にもふくれあがる。

「感じちゃうっ、感じちゃうーっ……ああんっ、またヘンになっちゃうっ。お尻の穴でイッちゃうっ……あーんっ、イッちゃうーんんっ！」

甲高い声をあげると、紗理奈はテーブルの上に突っ伏すように身体を委ねた。再びエクスタシーを迎えた肢体に痙攣が走る。

びゅくっ、びゅくんっ……。

尻肉をがっちりと摑んだ勇介の手のひらに、皮膚の表面ではなく筋肉の深い部分が不規則に蠢いているのが伝わってくる。

それに伴い、しなやかさを見せていた肛門括約筋がぎゅんと収縮する。

「あぁっ、そんな……ヤバイって……。そんなにキツくしたら……」

言うが早いか、直腸内に埋め込んだ怒張が弾むように上下し、鈴口から熱い樹液を撒き散らす。

ドビュッ、ドクッ、ドックンッ……。

一度放出しているというのに、噴射はそう簡単には止まらない。

「あぁーんっ、お尻の穴の中に発射《だ》してるっ……いっぱい発射《だ》しちゃってるぅっ……」

アブノーマルな行為に紗理奈は法悦の声をあげながら、うっすらと背骨が浮いた背筋をわなわなと戦慄させ続ける。

紗理奈の尻を抱きかかえながら、勇介はミルクタンクに溜まった欲望の液体を一滴残らず発射した。

第五章　発情香水に蕩けて

紗理奈と関係を持ってから半月が経った。表面的には穏やかな日々が続いている。

しかし、勇介には気にかかってしかたがないことがある。

それは同じ部署で働く沙羅の存在だ。年上の人妻たちとの関係は、勇介に取ってこれ以上はないほどに刺激的で甘美なものだった。

だが、大胆かつ奔放な人妻と身体を重ねれば重ねるほどに、恥じらいを露わにする沙羅との行為が思い出されてしまうのだ。

同じ部署にいるというのに、その姿を見ることはできても満足に顔を合わすことも会話をすることもままならない。それが、逆に勇介の心を熱くさせる。

気がつけば、実験室内にいる彼女の姿を無意識に追いかけていることもしばしばだ。

データ入力が主な作業である勇介の耳にも、沙羅が開発をしている男性向けの香水が完成に近づいているという話が洩れ聞こえてきた。

それが本当ならば、作業に追われている彼女の心身にも、多少なりの余裕が生まれるかも知れない。勇介はその完成を心待ちにするようになっていた。

ある日の夕方のことだ。勇介に社内メールが届いた。

社内メールは業務連絡がほとんどだ。稀《まれ》に送られてくる彩乃からのメールはといえば、頼みごとの体《てい》をなしてはいるが、女性社員たちの実験という名前を借りた淫靡な行為に誘うものばかりだ。

「えっ……」

差出人の名前を見た瞬間、勇介は大きく目を見開いた。そこに記されていたのは、一方的に思いを募らせている沙羅の名前だったからだ。

〈先日は実験にご協力をいただき、ありがとうございました。お陰さまで新作の香水のイメージが固まり、いよいよ試作品が完成しました。製品化するまではいろいろな行程がありますが、まずはお礼を兼ねて試作品をお目にかけたいのですが、ご都合はいかがでしょうか？〉

社内メールということもあってか、誰が見たとしても問題がない言葉が綴られている。勇介の脳裏に沙羅の表情が次々と浮かんでくる。控えめな笑顔を思い出すだけで、胸がきゅんと甘く疼いてしまう。

〈やっと完成したんですね。ご苦労の甲斐がありましたね。本当におめでとうございます。こちらはいつでも時間を作りますので、ご都合をお知らせいただければと思います〉

勇介は逸る心を抑えながら、メールを返信した。もちろん、社内メールなので誰が見たとしても問題がない言葉を選ぶ。

〈急で申し訳ないのですが、今日の午後六時はいかがですか。この実験棟の三階の一番奥に、いまはほとんど使われていない会議室があります。そのさらに奥に普段は使われることがない休憩室があるんです。そちらに来ていただけますか？〉

返ってきたは極めて短いメールだった。実験棟にも会議室はあるが、普段はあまり使用されていないと聞いていた。

ましてや、その奥に休憩室があるとは全く知らなかった。

沙羅から指定された通りの時間に、勇介は三階へと向かった。就業時間は過ぎているので、制服から私服に着替えを済ませて、念のためにタイムカードも押しておいた。

普段は使われていないというのは本当らしい。清掃は行われているようだが、やや照度を落とした廊下などには花ひとつ活《い》けられておらず、実に殺風景な感じだ。

ドンづまりかと思った先には、右方向に曲がる細い廊下が続いていた。勇介は腕に嵌《は》めた時計をちらりと確認した。

ビジネスでは五分前には到着するのがマナーだが、他人の自宅などを訪れる場合には逆に多少遅れていくものだ。それは相手が用意を済ませていないことなどを慮ってのことだ。

些細《ささい》なことかも知れないが、社会人としてのマナーを教えてくれたのは他でもない彩乃だった。今回は純粋にビジネスの話なのだろうか。もし本当にビジネスだとしたら、同じ部署にいるのだからわざわざ呼び出すというのは不可思議だ。

部屋のドアには休憩室のプレートが掲げられていた。勇介は周囲をぐるりと見回した。この部屋以外には休憩室というプレートが掲げられた部屋はなかった。むしろ、会議室の先にあるのはこの休憩室のみだった。

沙羅の意図はわからない。それが不安さをかき立てる。しかし、呼び出された以上は、応じるしかない。むしろ、これは彼女とふたりっきりになれるかも知れない貴重すぎるチャンスなのだ。

このドアの向こうには沙羅がいる。そう思うだけで、息が乱れそうになってしまう。勇介はうな垂れると、左右の拳を握りしめて呼吸を整えた。

ゆっくりと伏せたまぶたを開けると、ドアを規則正しいリズムでノックする。ガチャリと音を立てて、外開きのドアが開いた。

「ごめんなさいね。こんな場所に呼びつけたりして」

実験室ではピンク色の制服の上に、白い白衣を羽織っている沙羅も私服に着替えていた。黒地に花柄があしらわれたのロングワンピースは、たっぷりとしたギャザーが何段にも切り替えられたロマンティックな雰囲気のものだ。

足元に履いているのは、ローヒールの黒いパンプスだ。通勤着というよりもデートに相応しいファッションだ。

「さっ、入って……」

周囲を見回すと、沙羅は勇介を室内に招き入れた。

「こっ、ここって？」

「驚いたでしょう。わたしも最近先輩社員から聞いたばかりなの。昔は実験の結果が気になって、泊まり込む社員も少なくはなかったんですって。だから、ここはそんな社員たちが仮眠を取ったりするために作られた部屋らしいわ。もっとも、いまは残業とかもうるさくなっちゃったから、使われることもなくそのままになっているんですって」

勇介は室内を見回した。けっして広いとは言えない室内の壁に沿うように二段ベッドが二台備えられている。その他にソファベッドが一台設《しつら》えられていた。

ソファベッドの横に置かれた小ぶりのサイドテーブルには、試作品だと思われる香水と、すでに製品化されている香水が置かれていた。

「それが完成したっていう香水？」

勇介の問いに、沙羅は小さく頷いてみせた。

「ずいぶんと実験を重ねた結果、この香りと濃度に落ち着いたの」

沙羅は試作品の香水を手にすると、吹き出し口に鼻先を近づけた。

「どう、つけてみる？」

半透明のボトルに入った容器を手渡された勇介は、鼻先に意識を集中させた。確かに人妻たちとの行為のときに試したものとよく似ている。若干違うのは、以前に試したものよりもずっとソフトなイメージになっていることだ。

勇介は耳の裏の辺りに試作品を吹きかけた。わずかにひんやりとした感触を感じるとともに、体温によってその香りが室内に広がっていく。

勇介は漂う匂いを吸い込んだ。鼻腔の粘膜組織のひとつひとつに忍び込んでくるみたいだ。

くるぶしに近いロング丈のワンピースを着た沙羅の姿を見ているだけで、下腹部がじわりと熱を帯びてくる。

「聞いていいかな」

「えっ……？」

「ずっと不思議に思っていたんだ。男性受けする香りっていうことは聞いていたけれど、本当にただ単にそれだけなのかな。もっと違う意味があるんじゃないかって、ずっと思っていたんだ」

「あ、そっ、それは……」

沙羅は気まずそうに視線を泳がせた。

「女性受けするっていう試作品だってそうだよ。あれを嗅ぐと、皆がおかしくなっちゃうんだ。よく男性向けの雑誌に女性をソノ気にさせるっていう香水の広告が載っているけれど、もしかしてあの類のものなんじゃないか、ってずっと疑問に思っていたんだ。いわゆるフェロモン系っていうのか、それとも媚薬みたいなものなのか」

勇介は核心に迫った。

「ええとっ……細かいことは企業秘密なんだけど、いわゆる人間の本質的な部分に作用するって言えばいいのかしら。もちろん、人によって効く、効かないはあるのよ。逆に効きすぎたら、大変なことになっちゃうでしょう」

戸惑いの色を浮かべた沙羅は、視線を泳がせながら言葉を選んでいる。

「プラセボっていう言葉だってあるじゃない。効くと信じ込めば効くこともあるし、疑い深い人間には効きづらいとか……」

「要するに、男受けする香水っていうのは男をその気にさせて、女受けする香水っていうのは、女をその気にさせる、媚薬みたいな香水って理解すればいいってことかな？」

「まあ、簡単に言えばそういう感じかしら。たとえば、猫科のライオンや虎はあんなに大きい身体をしているけれど、マタタビを嗅ぐと普通の猫ちゃんみたいにふにゃふにゃになっちゃうでしょう。もちろん、ヘンな成分はいっさい入っていないから、健康面には問題はないのよ」

沙羅は言い訳めいた言葉を口にした。

「やっと合点がいった気がするよ。香水に含まれる成分のせいで、日常生活では隠している本能が剝き出しになったってことだね」

「まあ、そういうことになるかしら。でも、実験を重ねたお蔭で、安全性や効果が確認できたのよ。だから、勇介くんには本当に感謝しているの」

やや責めるような勇介の口調に、沙羅は愛らしい口元をひくつかせた。狭い室内には勇介と沙羅の身体から漂う、香水の匂いがゆっくりと広がっていく。

勇介は鼻腔をくすぐる香水の匂いを振り払うように、荒っぽく息を吐き出した。いつもは制服姿しか見ていないだけに、二十代前半の女の子らしい沙羅のワンピース姿が新鮮に映る。

小動物を思わせるくりっとした大きな瞳と、お人形のようなちゅんとした口元。いつもは後頭部でまとめている肩よりも長い黒髪は垂らしている。さらさらとした絹糸のような髪の毛は触れてみたくなる。

しかし、それとて香水の効果なのではないかと訝しく思えてしまう。

「くふぅっ……」

勇介は喉元を鳴らしまぶたをぎゅっと閉じると、天井を仰ぎ見た。沙羅に心を惹かれていることは紛れもない事実だ。だが、それは純粋な恋心なのか、香水によって心身が昂ぶっているのかがわからなくなってしまいそうだ。

同じ部署で働いているときには、ガラス越しに彼女の姿を眺めることしかできない。もちろん、彼女の身体から漂う香水の匂いを嗅ぐことなど叶うわけがない。

それを冷静に分析すれば、彼女に対する恋慕《れんぼ》の感情は香水の効果などではないはずだ。勇介は閉じていたまぶたを開くと、熱い眼差しを彼女に向けた。

「いつもの制服姿もいいけれど、今日みたいなファッションのほうが僕としてはタイプかな」

ゆっくりと沙羅のほうへと近づいていく。彼女は大きな瞳をよりいっそう大きく見開いた。それでも、勇介から逃げようとはしなかった。

勇介の右手の指先が沙羅の顎先を捉える。小柄な彼女の顎先をくっと持ちあげると、チェリーピンクのルージュを塗った口元に唇を重ねる。

沙羅は淡いピンク色のアイシャドウで彩られたまぶたを伏せ、勇介の口づけを受け止めている。彼女の戸惑いを表すみたいに、薄いまぶたに覆い隠された黒目がかすかにぎこちなく左右に動いている。

恋の経験が浅い乙女みたいな反応が、勇介の心を燃えあがらせる。沙羅が着ているワンピースの胸元は、やや浅めのVネックになっていた。

ふんわりとしたシルエットのワンピースの上からでも、華奢な肢体には重たそうな乳房がこんもりと隆起しているのがわかる。

勇介は右手で彼女の顎先を捉えたまま、左手で魅惑的な稜線を見せつける乳房を下から支え持った。大きく五指を広げた指先に伝わってくる確かなボリューム感。

勇介はその弾力を確かめるように、ゆっくりと指先を食い込ませる。つるつるとしたワンピースとブラジャー越しでも、その弾力が伝わってくる。まるでブラジャーの中に大きめのメロンパンを詰め込んでいるみたいだ。

「んっ、はあっ……」

沙羅の口元から悩ましい声が洩れる。まるで甘えるような声。勇介は重なった唇を開くと、わずかに開いた唇に舌先を潜り込ませた。

舌先が綺麗に整った前歯に触れる。唇の内側と前歯を丹念に舐め回すと、堪えきれなくなったように少しずつ前歯が上下に開いていく。

さらに舌先をこじ入れていくと、喉の奥のほうに隠れていた舌先を見つける。勇介はかくれんぼをしていた舌先に、自らの舌先をがっちりと巻きつけた。

ずちゅっ、ずるちゅっ……。水っぽい音を立てながら、唾液をすすりあげるように舌先を吸いしゃぶる。

「あっ、ああんっ……」

沙羅はかすかに髪を乱して、ねちっこいキスを受けとめた。息継ぎがツラくなるほどの口づけに、彼女は足元が危うくなり勇介の背中に両手を回した。

自分の身体のどこが魅力なのかを知り抜いた人妻たちは、肢体を見せつけ、淫らな技で勇介を翻弄《ほんろう》した。しかし、沙羅にはそんな余裕などとてもないらしい。

言葉には出さずとも、なにげない仕草のひとつひとつに初心《うぶ》っぽさが滲む。そんなところがなんとも愛らしく思えてならない。

勇介も沙羅のヒップの辺りに両手を回した。つるつるとしたワンピースの手触りが指先に心地よい。勇介は指先を操って、ワンピースの裾をゆっくりとたくし上げていく。次第にストッキングに包まれた下半身が露わになる。

「はぁっ、恥ずかしいっ……」

羞恥で頬に赤みを差しながら、沙羅は丸みを帯びたヒップを揺さぶった。ストッキングの下に穿いているのは、セミビキニタイプのピンク色のショーツだ。

ほっそりとしているのに、乳房や双臀といった女性らしさをアピールする部分のまろやかさは申し分ない。

勇介はストッキングの上から、桃のような曲線を描く小ぶりながらも形がいい尻を鷲掴みにした。指先に女性特有の柔らかな質感を感じれば感じるほどに、心と身体が、熱を帯びるみたいだ。

勇介はめくりあげたワンピースを掴むと、それをずるりと背筋までずりあげた。ギャザーがたっぷりとあしらわれたワンピースを、少々手荒に身体から剝ぎ取る。

「ああんっ、勇介くんったらエッチなんだから……」

沙羅は整った目尻をさげて、ピンク色の下着だけになった肢体を隠そうとした。下着姿や裸体を誇らしげに突き出してひけらかした人妻たちとは、真逆ともいえる反応だ。

勇介も着ていたジャケットを脱ぎ捨てると、ワイシャツの胸のボタンを忙しなく外した。ワイシャツを脱ぐと、インナーシャツに手をかけて首から引き抜く。

さらに穿いていたスラックスとソックスを無造作に引きずりおろした。これで勇介もトランクス一枚になる。

ここは会議室でもなければ、ホテルの一室でもない。広くはない室内にあるのは、二段ベッドとソファベッドくらいだ。

「こんな恰好……恥ずかしいぃっ……」

「恥ずかしくなんかないよ。すっごく色っぽい。見ているだけで、興奮してくるよ」

勇介は沙羅の耳元で囁くと、か細い手首を掴むとトランクスの前合わせ部分へと引き寄せた。

「あっ、あぁんっ……」

沙羅の唇から驚きを含んだ甘え声が洩れる。トランクスの前合わせ部分は、ぴぃんと布地が張りつめている。普段は下向きに収めているはずの肉柱は、すでに海綿体を充血させて亀頭をトランクスの上縁のほうに向けている。

「沙羅ちゃんが可愛いから、こんなふうになっちゃってるんだよ」

言うなり、勇介はほっそりとした沙羅の身体を軽々と抱きかかえた。いわゆるお姫様だっこという格好だ。映画のワンシーンに登場するような、お姫様だっこに憧れない女はいないだろう。

沙羅はうっとりとした表情を浮かべると、勇介に肢体を預けた。ロマンティックなシーンに酔い痴れるみたいに、勇介の首筋の辺りに頬をすり寄せる。

「ああんっ、やっぱりいい香りだわ……嗅いでいるだけで、頭の芯がくらくらしちゃうみたいっ」

沙羅は小さく鼻を鳴らした。それは勇介も同じだった。火照った沙羅の首筋の辺りからは、ほのかに甘い香りが漂っている。広くはない室内に、男女の身体を炎上させるフェロモンの匂いが降り積もっていくみたいだ。

勇介は抱きかかえていた沙羅の肢体をソファベッドの上におろした。ピンク色のブラジャーとショーツ、ストッキングしか着けていない彼女はソファベッドの上で、肢体をくねらせる。

そんな姿を見ていると、たっぷりと感じさせてやりたくなってしまう。勇介はあえて、枕に頭を載せた沙羅とは反対の向きになるように、ベッドに横たわった。

勇介の目の前には、サポートタイプのストッキングに包まれた沙羅のつま先が見える。わずかに汗ばんだつま先からは、香水とは趣きが違うわずかに酸味が感じられる匂いが漂っていた。

あくまでも人工的に作られた香水とは違う、生々しさを感じられる匂い。勇介は彼女の足首を握り締めると、ほんのりと水分を孕んだつま先に鼻先を寄せた。

「あっ、ダメよ……。そんなところの匂いなんて、はっ、恥ずかしいっ……」

沙羅は引き攣った声をあげた。香水の匂いを嗅がれることには抵抗はなくても、ついさっきまでパンプスに包まれていたつま先の匂いを嗅がれることは、うら若い女性として恥ずかしくてたまらないようだ。

「恥ずかしくなんかないよ、すっごく生々しい感じがたまらないよ。ますますチ×コが硬くなるみたいだ」

勇介はわざとらしく、下半身を揺さぶってみせた。トランクスの中身はぎちぎちに硬直し、いまにも上縁から亀頭がはみ出してしまいそうだ。

勇介は腰を左右にひねりながら、トランクスを引きずりおろした。これで勇介はなにひとつ身に着けていない格好になる。

「僕だけが素っ裸っていうのも不公平だよね」

当たり前のように囁くと、勇介はほっそりとした両足をすっぽりと包み込むストッキングとショーツに指先をかけると、一緒くたにするようにするすると剝ぎ取った。

下半身は剝き出しなのに、乳房だけがブラジャーで覆われている。それが妙に卑猥に思える。

「んんっ、こんなの恥ずかしすぎるっ……」

恥辱の声をあげながら、沙羅が身体をよじる。その弾みで、ブラジャーのカップからEカップの乳房がこぼれ落ちる。性的な昂ぶりに、乳房の頂上の果実がつきゅっと尖り立っている。

二十代前半の肢体はどこもかしこも美味しそうだ。勇介は甘酸っぱい芳香を放つ下腹部をがっちりと摑むと、肉づきが薄い太腿をぱっくりと左右にこじ開けた。

女丘はうっすらと地肌が透けて見えるほど、縮れた草むらは濃くはない。ひらひらとした花弁を包み込む大淫唇も、恥毛は控えめな感じだ。

勇介は酸味を感じさせる女の切れ込みに向かって、鼻先を突き出した。首から漂う香水も魅惑的だが、それよりも生身の女を感じさせる香りだ。恥ずかしくてたまらないのだろう。沙羅は太腿に力を込めて、必死で抗おうとしている。

それがさらに勇介の牡の部分を昂ぶらせる。勇介は少々強引な感じで、太腿を左右に大きく割り広げた。

大淫唇は繊細な花弁を保護する萼《がく》みたいだ。大淫唇を左右に押し広げると、まるで赤貝を思わせるラビアが顔を出す。上品に重なっている赤貝の上を舌先で舐めあげる。

「ああん、そんなふうにされたらオツユが溢れてきちゃうっ」

沙羅はブラジャーからこぼれた乳房を揺さぶって、いまにも泣き出しそうな声を洩らした。その言葉に偽りはなかった。舌先が極上の赤貝に触れた途端、その隙間から潤みの強い蜜が滲み出した。

「すごいよ。いっぱい溢れてくるよ。沙羅ちゃんは感じやすいんだね」

女体が見せる過敏な反応が、勇介の牡としてのプライドを後押しする。勇介は鮮やかな色合いの赤貝の頂点に位置する、薄膜を被った肉蕾をでろりと舐めあげた。

「はあぁぁんっ」

「そんな色っぽい声を聞いていたら、僕だってヘンになるよ。ほら、こんなになっちゃっているんだよ」

勇介は沙羅の右手を摑むと、これでもかとばかりに逞しさを蓄えた肉柱に導いた。

「はああっ、こんなになっちゃってるっ」

「そうだよ、沙羅ちゃんにして欲しくって、ぎちぎちになっちゃってるんだ」

勇介はわざと足を大きく開いた。頭の向きが逆になっているので、これで横向きのシックスナインの体勢になる。

沙羅の羞恥心を和《やわ》らげるために、まずは勇介が彼女の秘唇にむしゃぶりつく。舌先に唾液をたっぷりと載せると、そのぬめりを活かすようにして敏感な部分を丹念に舐め回す。

特に赤貝の頂点に息づく真珠を軽やかに突っつくような舌先で刺激すると、沙羅の声が甲高さを増していく。

「ああっ、だめっ、そこ……感じちゃうっ……」

沙羅は切なげに肢体をよじった。勇介は彼女の口元目がけて、牡汁を滲ませる亀頭を押しつける。

「ああんっ……こんなの……エッチすぎるよぉ……」

くぐもった声を洩らすと、沙羅は目の前でびくびくと蠢《うごめ》く牡柱にむしゃぶりついてきた。まるで、自分の口元から洩れる淫猥な声を必死で抑えようとしているみたいだ。

ングッ……チュクウッ。チュルゥ、チュチュッ……。

互いの性器に舌先を這わせ合う淫らな音だけが、狭い休憩室に響いている。勇介は花びらの隙間に狙いを定めると、人差し指の先を挿し入れた。とても男性器を受け入れるとは思えないような、狭く絡みついてくる肉の洞窟。

勇介は指先に神経を集中させながら、女壺の中をじっくりと探った。探れば探るほどに、こんこんと湧きだす泉のように、とろみのある蜜が滲《し》み出す。腹側の上の辺りは、Ｇスポットと呼ばれる部分だ。

「ああっ、そっ、そこはぁ……はあっ、身体の芯が痺れるみたいっ……」

ややざらついた肉壁を抉《えぐ》るようにこすりあげると、沙羅の声が切羽詰まったものに変化していく。

沙羅も怒張に懸命に舌先をまとわりつかせてくる。勇介の反応を確かめるように、ときおり振り返っては勇介の表情をうかがい見る。

「ああっ、気持ちいいよ。そうだよ、もっと舌をべったりと絡みつかせて……」

勇介はわざと色っぽい声をあげると、臀部を揺さぶってみせた。沙羅は言われるままに、丹念に舌先をまとわりつかせてくる。その従順さがたまらない。

いつもは年上の人妻たちにいいように弄ばれている自分が、同年代の女を好きなようにしている。そう思うだけで、肉体的な快感だけでなく、精神的な悦びも何十倍にも増すみたいだ。

「あッ、そんなにしたら……」

沙羅の声が悩ましさを増す。蜜壺に埋め込んだ指先に、ねっとりとした蜜液が絡んで、指先を締めあげてくる。

「あっ、それ以上は……もっ、もうっ……」

沙羅の内腿に力がこもる。ペディキュアを塗った指先が、押し寄せてくる快美感にぎゅんと丸まっている。

勇介はGスポットを指先でこすりあげながら、すっかり綻んだ肉蕾をじっくりと舐め回した。

特に肉蕾を包み隠そうとする薄膜を剝きあげるように、下から上へと舐めあげると沙羅は声さえ出せないというように、短い呼吸を洩らしながら、イヤイヤをするように肢体を波打たせた。

「ああんっ、もっ、もう……ダッ、ダメッ……イッ、ちゃっ！」

短い悦びの嬌声をあげると、沙羅はベッドの上で肢体を大きくバウンドさせた。小柄な彼女の肢体は、完全にベッドから弾みあがっている。

痙攣が続く彼女は、完全に放心状態でベッドに身体を預けている。不規則に波打つ腹部が絶頂の激しさを物語っているみたいだ。身体の向きを百八十度変えると、勇介は額に張りついた沙羅の髪の毛をゆっくりと梳《す》きあげた。

彼女の視線はまだ焦点が定まっていない。勇介は乱れた髪を指先で梳きながら、その表情をのぞき込む。

「はあっ、イッ……ちゃった……。あぁん、恥ずかしいっ……」

沙羅は頬やこめかみをうっすらと赤く染めていた。勇介はまだ意識が朦朧《もうろう》としている彼女の肢体を抱き寄せると、ブラジャーを留めている後ろホックを外した。

ようやく解放されたDカップの乳房が、息遣いに合わせふるふると揺れている。極上の和菓子のような柔らかさをみせる胸元も、性的な昂ぶりで紅潮している。

勇介は呆然自失となっている沙羅の右手を取ると、牡の攻撃的な部分をあからさまにした牡柱へと導いた。ネイルを塗った指先がペニスを遠慮がちにきゅっと握り締める。

「ああっ、勇介くんの……」

勇介は沙羅の髪の毛をするりとかきあげると、半開きの口元に唇を重ねた。互いの首筋から香水の匂いがうっすらと香り立つ。

「沙羅ちゃんの膣《なか》に入りたくて、うずうずしているんだよ」

彼女の首筋に鼻先を寄せながら、勇介は囁いた。女らしい香水の匂いを嗅ぐと、まだ満たされていないペニスにますます力が漲るみたいだ。

「触っていると、またヘンになっちゃうっ……。わたしの身体、いったいどうしちゃったっていうの……」

沙羅はまるで熱に浮かされたかのように囁いた。室内に漂う香水の匂いは少しも弱くならない。身体が熱くなればなるほどに、その香りは強くなるばかりだ。

「おっきくて、硬いのが欲しくなっちゃうっ……」

淫靡な香りに唆されるかのように、沙羅ははしたない言葉を口にする。その言葉は、勇介に対するお義理みたいなものではなかった。肉柱を摑んだ指先は、鈴口から滲み出す先走りの液体を裏筋の辺りにしゅこしゅことなすりつけている。

本当に欲しくて欲しくてたまらない、と牡の本能に訴えかけているみたいだ。女からここまで求められているのだ。ここで背を向けるわけにはいかない。

「いいんだね？」

いまさらながら、勇介は沙羅の顔をじっと見つめた。とろんとした視線が、なんとも言えないほどに悩ましい。

勇介は沙羅の肢体の上に馬乗りになった。小柄な沙羅の両足を伸ばしたまま大きく割り広げると、蕩けきった女のぬかるみ目がけて、男らしさを漲らせた亀頭をあてがう。そのまま、腰をゆっくりと前進させる。

ちょうど沙羅の土踏まずの辺りに、自らの足の甲を押しつける格好だ。正常位ほど派手には動けないが、全身の密着感は比べ物にならない。俗に言う「竹割り」という体位だ。男が上に乗っているので、深く浅くと突き入れることもできる。

「はあっ、はっ、入ってくるぅっ」

沙羅は顎先を突き出して、キスをねだった。勇介は唇を大きく開くと、彼女の口の中のあらゆる粘膜を舐め回すような猛烈なキスを重ねる。沙羅はのしかかる勇介の体重と温もりを確かめるみたいに、その背中を両手でかき抱く。

ベッドの上で重なったふたつの身体は、深々と貫いた下半身を中心としてまるでひとつに溶け合うみたいだ。そんな錯覚を覚えてしまう。

「ああ、わたしの膣内《なか》に勇介くんが……」

沙羅は勇介の首筋に頬を寄せた。タイプの違う香水が、身体を重ねたことで混ざり合う。単品だけでも効果は絶大なのだ。その香りが混ざることで効果が何倍にも何十倍にも強くなるみたいだ。

勇介は両膝と両肘で身体を支えながら、ゆっくりと身体を前後に揺さぶった。

「はあっ、感じちゃうっ。わたしの膣内《なか》で勇介くんのオチ×チンが、動いてるのぉお……」

沙羅は切なげに身悶えた。勇介の両足を両脇から沙羅の太腿が挟み込む格好だ。実験室の中にいる姿に、憧れの視線を送り続けた彼女を組み伏せている。そう実感するだけで、埋め込んだ肉柱がひと回りふくれあがるみたいだ。

男というのは欲張りな生き物だ。彼女を深々と貫いている部分を直に確かめたくて仕方がなくなってしまう。

勇介は彼女の両足の間に挟み込まれた両膝に力を込めると、ゆっくりと身体を起こした。花壺にペニスを挿入したまま、左右に割り広げた細い太腿を両手でしっかりと抱きかかえる。

「あっ、ああーんっ……」

沙羅は喉元をしならせた。勇介が大きく開いた太腿を下から抱きかかえたことによって、竹割りの体勢から正常位へと変化する。

一度エクスタシーを迎えている花弁はピンク色に鬱血し、男根にしっかりと絡みついている。切れ長の肉襞が重なる女淫の中心目がけて、硬い肉槍がこれでもかとばかりに突き入れられていた。

「沙羅ちゃんのオマ×コに入ってるところが丸見えだよ。すっごくいやらしい格好で、見ているだけで余計に硬くなりそうだよ」

正常位の体勢になった勇介は、食い入るような視線を男女の結合部に注いだ。ショーツのクロッチ部分にすっぽりと隠れてしまうような繊細な切れ込みに、ぎちぎちに血液を滾《たぎ》らせたペニスがじゅっぽりと咥え込まれているのは、この上なく扇情的だ。

「はあっ、そんなエッチ……エッチなことを言われたら……」

沙羅は酸欠気味の金魚のように、ルージュが滲んだ唇をわずかにぱくぱくと蠢かせた。

正常位になったことで密着感は薄くなるが、身体は遥かに自由に動くようになる。勇介は目の前で魅惑的に揺れる両の乳房を鷲摑みにした。手のひらから溢れるサイズの乳房は、確かな弾力で指先を押し返してくる。

特に魅力的なのは、未完熟の木苺を連想させる色素が薄めの乳首だ。勇介は左右の親指と人差し指でぷにぷにとした果実を転がした。

「んんっ、そっ、そんな……ああんっ、おっぱい感じちゃうっ……」

深々と串刺しにされているのだ。沙羅の身体は自由にならない。それでも、もどかしげに胸元を揺さぶる。

「ほら、動いても深く入ったままだ」

勇介はわざと深く浅くと抜き差しを繰り返す。実験室の中にいる彼女はまるで勇介を避けているように感じられた。そのときの彼女といまの彼女はまるで別人みたいだ。

そう思うと、ほんの少しだけ意地悪をしてやりたくなってしまう。

「あのさ、どうして僕のことを避けていたの？」

ひと際深く突き入れると、勇介は円を描くように腰を動かした。

「だっ、だって……」

沙羅は言葉を濁した。

ならばと、勇介は左右の乳首を転がす指先に、わずかに力を込めた。丸みを帯びた果実が歪な格好にひしゃげる。

「あっ、ああ……だめっ……おっぱいが……千切れちゃうっ……」

沙羅の唇から悲痛な声が洩れる。せめてもの抗いとばかりに、彼女は自由にはならない肢体を左右に悩ましげに波打たせる。

「だっ、だって……恥ずかしかったの。いきなりあんなことになっちゃって……どんな顔をして、顔を合わせればいいのか……わからなくて……」

彼女は視線を彷徨わせながら、心の奥深くに抱えていた思いを吐露した。胸の中にもやもやした感情を抱き続けていたのは勇介だけではなかったのだ。

そう思うと、どうしようもないほどの愛《いとお》しさが込みあげてくる。人妻たちの身体や男の身体を知り抜いたテクニックは魅力的だ。

しかし、それよりも素直に感情をぶつけられずにいた、沙羅の純な心のほうが勇介の心を、身体を捉えて離さない。

勇介は沙羅の身体に覆い被さると、思いの丈を込めるようにキスの雨を降らせた。

ふたりとも言葉数が多いほうでもなければ、雄弁なタイプでもない。

綺麗に取り繕《つくろ》った百の言葉を重ねるよりも、感情をストレートにぶつける口づけのほうが相手の心身に染み込んでいくに違いない。

ちゅぷっ、ちゅるちゅっ。ふたりは唇を挟み合い、前歯に舌先を這わせるような熱のこもったキスに熱中した。

感じれば感じるほどに、沙羅の秘壺が甘やかに収縮し、細やかな肉襞がペニスにまとわりついてくる。

勇介は感情の赴くままに、華奢な肢体をぎゅっと抱き締めた。

「あっ、ああんっ……」

重ね合わせた唇からわずかに洩れる吐息が悩ましい。勇介は全身に力が漲るのを覚えた。尾てい骨の辺りに意識を集中させると、沙羅の身体を抱き締めたまま一気に仰向けに倒れ込む。

「ひあっ……」

沙羅の唇から短い驚きの声が迸る。もちろん、男根は沙羅の中心に埋め込んだままだ。ほんの一瞬にして、正常位から騎乗位へと体勢が入れ替わった。

突然のことに彼女はなにが起こったか理解ができないようだ。

「ああっ、こんな恰好なんて……」

沙羅は不安げに髪の毛を揺さぶった。

「大丈夫だよ。沙羅ちゃんが感じるようにすればいいんだよ」

「そんなふうに言われたって……」

牡杭に貫かれたまま、彼女は不安定な肢体を支えるように勇介の胸元に手をついた。

勇介も沙羅の身体を支えるように、牡の視線を魅了してやまないふたつの乳房を掌中に収めた。

「なんだか、これって……すっごくエッチな格好……」

沙羅は背筋をのけ反らせると、恥じらうように白い歯を見せてかすかに微笑んでみせた。

「沙羅ちゃんが動かないなら、僕から動くよ」

勇介はベッドについた臀部を跳ねあげた。小柄な沙羅の肢体が舞いあがるように、前後に揺れる。

「ああっ、すごい……身体の、身体の奥に響いているっ……」

沙羅は悩乱の声を洩らすと、勇介の上で肢体をくねらせた。不安定な体勢のせいか、肢体を揺さぶっただけでも、ヴァギナが怒張をきゅんきゅんと切なげに締めつける。

「はあんっ、こんなの感じちゃう……はじめて……はじめてなのに……っ」

不安定な肢体を支えるように、沙羅は勇介の胸元に手をつき前のめりになった。尻を突き出した格好だ。

勇介は彼女のヒップをがっちりと摑むと、下から突き上げるように腰を振りたくった。

「ああんっ、いいっ……」

勇介の突き入れに全身を揺さぶられながら、沙羅は白い喉元をのけ反らせた。

「もっともっと奥まで突っ込んであげるよ。そのほうが、きっと何倍も気持ちがいいはずだよ」

淫猥な台詞《せりふ》を囁くと、勇介はベッドについていた沙羅の両膝を両手で摑んだ。

「えっ、なっ、なにを……」

不安げな沙羅の視線がまとわりつく。勇介は沙羅の膝を抱え持つと、両の足の裏で身体を支えるような体勢を取らせた。ちょうど和式の手洗いにしゃがみ込むような格好だ。

「ああっ、こんな……こんなの……」

沙羅はイヤイヤをするように尻を揺さぶった。しかし、根元まで打ち込んだ男根はそう簡単に抜けることはない。

「ほら、こうすると、沙羅ちゃんのオマ×コが、僕のチ×コをぱっくりと咥え込んでいるところが丸見えだよ」

「はあっ、丸見えなんてぇ……」

沙羅は恥じらいに頬をいっそう赤く染めあげた。不安定な体勢を支えるために、彼女の太腿はこれ以上はないほどに、左右に大きく開いている。

勇介が言う通り、ペニスを飲み込んでいるところが丸見えになっていた。

「ああんっ、こんなの恥ずかしすぎるぅっ……」

沙羅は声を絞った。その言葉とは裏腹に、勇介が腰を前後にくいくいと動かすたびに、わずかに泡立った甘ったるい蜜がとろとろと滴り落ちてくる。

「嘘だと思うなら、繋がってるところを触ってごらんよ。ぬるんぬるんの、ぐちょぐちょだよ。沙羅ちゃんって普段はエッチなことなんてなんにも知らないって感じなのに、本当はいやらしいんだね」

勇介は沙羅の右手を摑むと、卑猥な音を奏でる男女の結合部へと導いた。

「あんっ、そんな……」

まるで電流が入ったかのように、彼女は全身をひゅくんと硬直させた。

「ほっ、本当に……こんなに濡れちゃってるっ……ああんっ、ぬるぬるになっちゃってるぅっ……」

信じられないというみたいに、沙羅は肢体をうねらせた。戸惑う彼女の胸中と連動するみたいに、蜜まみれの蜜壺がペニスを不規則なリズムを刻みながら締めつける。

緩やかに抜き差しをするたびに、赤みの強い女のぬかるみがペニスに取り縋るのがよく見える。

余裕を演じてはいるが、昂ぶっているのは勇介も同じだ。埋め込んでいるところを目の当たりにしながら、彼女の深淵に白濁液をぶち撒けたら、どれほど気持ちがいいだろう。

ぐうっ……。勇介は喉仏を上下させた。ポーカーフェイスを気取ろうとしても、限界点は確実に近づいてきている。

勇介は左手で沙羅の腰を摑んだ。さらに右手の人差し指で、蜜まみれの淫核を軽快にクリックする。

下からずこずこと突き上げて彼女に揺さぶりをかけながら、一番敏感なクリトリスを刺激しようという目論見《もくろみ》だ。

「あっ、ああんっ……」

沙羅の声が悩ましさを増す。勇介に騎乗した華奢な身体は荒波の中で、翻弄される小舟のように揺れている。

勇介の人差し指が確実に彼女の変化を捉えていた。普段は薄い肉膜にひっそりと隠れている直径五ミリほどの淫核がにゅんと尖り立ち、快美感を訴えている。

「んっ、もっ、もうそれ以上は……」

沙羅はいまにも泣き出しそうな声を出した。半開きの唇が小刻みに戦慄いている。

勇介はわざと動きを止めた。腰の突き上げだけではない。ふくらみきった肉蕾をリズミカルにくじることも止める。

「あっ、んーんっ……」

もう少しで絶頂を迎える寸前まで追い詰められていた沙羅の唇から、悲しげな声が洩れる。

「はあっ、勇介くんって……勇介くんって意地悪だわ」

沙羅は未練がましい視線を勇介にまとわりつかせた。

「だって、それ以上はって言ったじゃないか？」

わざと女心に揺さぶりをかけてみる。

「もうっ、あれ以上されたら……自分がどうにかなっちゃいそうで……怖くなっちゃったの……」

沙羅は切なげに口元に指先を押し当てた。いじめっ子に意地悪をされた少女のような表情。

「よし、だったら一気にイクよ。僕だってずっと我慢をしてるけど、もう辛抱できそうもないんだ」

勇介も本音を洩らした。その言葉に沙羅は小さく頷いた。

はあーっと大きく息を吸い込むと、勇介は最後の追い込みをかけた。全身の力を振り絞って、抜き差しするたびに滴り落ちてくるほど蜜まみれの女の泉を猛りきったペニスでかき回す。

さらに、もうひと息というところでお預けを喰らったクリトリスを指先で、下から上へと肉膜を引っかきあげるように軽やかに刺激する。

「ああっ、いいっ、クリちゃんがおかしくなるっ。オマ×コがぁ……」

沙羅はまぶたをぎゅっと伏せて、体内で広がっていく快感を貪っている。

「ひっ、んんんっ、イッ、イッちゃうのっ……イッ、イッちゃうっ。クリちゃんも……オマ×コもぜんぶ、ぜんぶ……ヘンになるっ。イッ、イッくうっ！」

最後は満足に言葉にならない。絶頂を迎えたクリトリスが指先を力強く押し返す。それだけではない。太腿の付け根の辺りから、蜜壺の中までが妖しい収縮を繰り返す。

人間には自身の意志で動かせる筋肉と、自身の意志では動かせない筋肉がある。深々と埋め込んだペニスをきゅりきゅりと締めつけてくるのは、明らかに意識とは関係ないところで蠢く筋肉だ。

「うあっ、ぼっ、僕も……もう限界だっ……」

勇介は獣じみた声をあげた。蟻の門渡りの辺りがぎゅんと痺れ、普段は垂れさがっている淫嚢がせりあがる。

「だっ、ダメだ、射精《で》るぅ、射精《で》ちまうっ……」

勇介は不規則な収縮を見せる花壺にひと際深く、ペニスをこじ入れた。女の深淵で待ち構える子宮口と亀頭ががつんとぶつかる。

身体の一番深い場所同士が重なった瞬間、これ以上はないというくらいに張りつめた亀頭の先端から濃厚な白濁液がすさまじい勢いで発射される。

ドビュッ、ビュビュッ……。

「ああっ、はあああぁんっ」

樹液の熱さにたじろぐように、沙羅は肢体をがくっ、がくんと前後に痙攣させた。見ているほうが息ができなくなるような激しいイキっぷりだ。

「あぁイク、またイッちゃうっ」

不規則な痙攣は収まりかけたかと思うと、再び華奢な身体に襲いかかる。そのたびに沙羅は白い喉元が折れそうなくらいに、肢体をのけ反らせた。

ようやっと痙攣が収まると、沙羅は勇介の胸元に倒れ込んできた。

勇介はぐったりとした沙羅を横たえてやる。太腿の付け根の辺りからは、青臭い匂いを放つ樹液が滴り落ちていた。

どれほどそうしていただろうか。

「うーん……」

汗ばんだ額を指先でそっと拭うと、沙羅が肢体をすり寄せてきた。その肢体からはまだかすかに香水の匂いが漂っている。

その香りを嗅いでいると、ペニスがひゅくりと反応してしまう。勇介は沙羅の手を摑むと、逞しさを復活させた肉柱へ引き寄せた。

「もうっ、本当にエッチなんだから……」

沙羅は呆れたように笑ってみせた。蕩けるような笑顔を見ているだけで、幸せな気分になってしまう。

「この香水ってさ、なにが入っているのか知らないけど、すごい効果だよね」

「試行錯誤はしたけれど、最初よりもずいぶんと成分を薄めているのよ。プラセボ効果っていうのもあるって言ったでしょう。お互いにそういう気分になっているからこそ、余計に効果が出たんだと思うの」

「お互いにってことは、沙羅ちゃんも僕に気があったって思ってもいいってことかな？」

勇介は抱き続けていた疑問をぶつけた。

「そうね、そういうことになるのかな」

沙羅はわざと曖昧な感じで答えた。いかにも控えめな彼女らしい感じがする。

「じゃあ、勇介くんはどうだったの？」

「えっ、僕は……。そんなのわかってたんじゃないのかな」

言葉で答える代わりに、勇介は彼女をぎゅっと抱き寄せた。温もりを感じれば感じるほどに、萎れる気配さえないペニスに情熱が流れ込んでいく。

「ねえ、もう一回、いいかな？」

勇介は彼女の太腿の付け根の辺りに、ほんの少し前に濃厚なエキスを放出したばかりとは思えないほど元気なペニスを押しつける。

「本当に、エッチなんだから……。これって香水の効果かしら。それとも、勇介くんが根っからいやらしいのかしら？」

「どうだろうな。じゃあ、試してみようか？」

勇介は再び沙羅の身体に挑みかかった。

「ああん、エッチなんだから……」

「そんなふうに言ってたって、沙羅ちゃんのここは準備万端って感じになってるよ」

すっかり潤いきった女花は少しも抵抗することなく、むしろ嬉々として勇介の屹立を受け入れる。

「ああん、感じすぎて……どうにかなっちゃいそうよ」

「大丈夫だって、足腰が立たなくなったら、ちゃんと家まで送っていってあげるからさ」

「もう、本当に……いやらしいんだから……」

「いやらしい男は嫌いかな？」

勇介は腰を突き出しながら、耳元で囁く。

「あーん、また意地が悪いことを言うんだからぁ……」

沙羅はくふっと笑うと、勇介の耳たぶを甘噛みした。


数か月後、待望の新製品として女性受けするという香水が大々的に発売された。もともと男性受けする香水が大ヒットをしていたこともあって、それは口コミから火がついて、あっという間に大ヒット商品になった。

（了）

※本作品はフィクションです。作品内に登場する
団体、人物、地域等は実在のものとは関係ありません。

ぼくの熟女研修《じゅくじょけんしゅう》

〈書き下ろし長編官能小説〉

2021年1月19日初版第一刷発行

著者……………………………………………鷹澤フブキ

デザイン………………………………………小林厚二

発行人…………………………………………後藤明信
発行所………………………………………株式会社竹書房
〒102-0072　東京都千代田区飯田橋2－7－3
電　話：03-3264-1576（代表）
03-3234-6301（編集）
竹書房ホームページ　http://www.takeshobo.co.jp
印刷所……………………………中央精版印刷株式会社

定価はカバーに表示してあります。
乱丁・落丁の場合は当社までお問い合わせください。
ISBN978-4-8019-2526-7 C0193